庫

文庫書下ろし

再びのぶたぶた

矢崎存《あり》美《み》

光 文 社

この作品は光文社文庫のために書下ろされました。

目次

再会の夏

1

「お前が先生になるなんて……」

大学で教職課程を取った時にも言われたセリフを、卒業した時にも言われた。義則《よしのり》としては納得いかない。れっきとした母親だというのに。

「しかも小学校なんて。何かあったらどうしよう」

「母さん！」

いくら何でも失礼ではないだろうか。

「入学式迎えるたびにそう言うのはやめてくれないかな」

「だって、不安で」

「そんなふうに言われるほど、俺グレてなかったと思うけど」

警察の世話にもなったことはないし、組関係とか族関係にも縁がなかったし。留年したこともない。タバコは吸っていたけど、学校にはバレなかった。粋がって吸っていただけなので、すぐにやめたし。

「ちょっと身なりがチャラチャラしてただけじゃん」

若い頃にはありがちなことだ。かっこいい服が着たいとか、派手な髪型や髪の色にしたいとか、女の子にモテたいとか。

東京に行ってみたいとか。

「だって、家出もしたし」

「ああ、一泊二日な」

具体的な不良行為は、実質それだけとも言える。高校生の時、親に黙って東京へ行って、友だちの家に泊めてもらい、次の日に帰った。もう、ほんとにそれだけ。情けないほど。東京で赤く染めた髪の毛と同じくらい赤い顔で帰ったような気がする。

あの時の俺だったら、今の俺は想像もしなかったに違いない。小学校の先生になるなんて、どこでどうそうなったのか。自分にもよくわからないくらいだった。

きっかけと言えるのは、友だちの挑発にも似た言葉だったかもしれない。東京から帰ってきて、少し意気消沈していた義則に対して、

「真面目になろうとしても、無理じゃね？」

と言ったのだ。

別に真面目になろうとしていたわけではなく、しょんぼりしていただけなのに。その理由を説明しようかとも思ったが、はたと気づく。こんなふうに「真面目」と言われることは、見た目の派手さで中身を判断されるのと同じことだと。人から言われる「真面目」と自分が思っている「真面目」の意味にどれだけの違いがあるのか。

それから、その疑問をぶつけるように、それまで自分とあまり接点のなかったクラスメートたちに話しかけてみた。そしたら、自分も何となくのイメージで人を判断していたことがわかってきたのだ。

要は、見た目とか真面目とかとは別に、面白い奴かそうじゃないか——つまり、人間的な魅力があるかどうか、という方が、自分にとっては大切だと感じた。あまりにもガキくさい結論で、今思うと恥ずかしい。

とはいえ、見た目で判断されることは、それからも変わらなかったが、反発するというのは、自分も気にしているということに気づいた。試しにちょっと勉強して、成績を上げてみたら、簡単に小言が減ったのだ。何のための反発だったんだろうか。

成績が上がったのは、いろいろなタイプの友人ができたおかげもある。そいつらと競争するのは楽しかった。

三年生になってから、進学をすすめられた。就職するものだと思っていたので驚いたが、落ちて元々なので、受験することにした。

そして、入れた大学には教職課程があり、せっかくだからそれを取って、就職活動と一緒に、子供には割と好かれる方だったから小学校の教員採用試験を受けたら、運良く通ってしまい——。

ある意味、家出した時に考えていたような流された人生だな、とも思うが、けっこう気に入っていた。仕事は思ったよりもずっと大変だったが、田舎のせいかどうなのか、一番心配していためちゃくちゃなことを言い出す親は比較的少なかった。その分、地域的な結びつきがうっとうしいところではあるが、たまに聞く都会の教師のストレスよりはだいぶましではないか、と思っている。

とはいえ、個性的な子供はどこにでもいるわけで——。

2

それは、夏休みに入って二日目の朝のことだった。

朝九時頃、学校に電話が入る。

「え、遠藤《えんどう》先生……」

義則が担任をしている六年生、天知達郎《あまちたつろう》の保護者である母親の取り乱した声に、少しあわてる。

「家出⁉」

どうも朝早く、達郎と友だちの吉村誠志《よしむらせいじ》がいなくなってしまったらしい。

「今日、塾の夏期講習だったんですけど……来ないって連絡があって……二人して休んでることがわかったんです」

わかりやすすぎるバレ方に、義則は頭を抱えた。

「休むって連絡はあったそうなんですけど、一応確認のためにうちに電話したら、案の定……。ケータイもつながらないし、メールにも返事がありません。先生、どこに行ったか心当たりはありませんか？」

悲痛な声でたずねられたが、とっさに答えは浮かんでこない。

「――とりあえず、片っ端から当たってみますよ」

「お願いします。クラスの子にも電話したんですけど、連絡つかなかった家もあったんです」

あとでそこに連絡することを約束したが、こちらからも全員に連絡しよう、と思う。達郎の母親からの電話を受けている間に、誠志の家からも連絡があった。両方とも似たようなことしかわかっていないらしい。

あちこちに電話をしながら、かつて自分の起こした騒ぎのことを思って、何だか余計に落ち着かなかった。自分の場合は高校生だったから、学校にまで連絡しなかったらしいが、それでも親は心配しただろう。ましてや教え子たちはまだ小学生。男の子であろうと子供は子供だ。

だが、彼らに家出をするほどの問題があったとは考えにくい。二人とも至って素直で無邪気――自分の生徒にこう言うのも気が引けるが、ありていに言えばかなりおバカな方で――いや、成績ではなく、性格的に、で、ある意味長所でもあるのだが――って言い訳をしてどうする。

　まあつまり、かなり明るく、悩みがあったとしても開けっぴろげな性格なので、内に溜め込んで家出なんてするような子供であろうか、と疑問に思ったということだ。家に問題があるかどうかはわからないが、双方の両親ともによく会うし、見た目は仲良く見える。うろたえている声からは心配している心情しか垣間見えない。自分の乏しい人生経験はあまりあてにならないとは思うが、地域の噂というのはバカにできないのだ。彼らには、そういった噂は一つもなかった。

　他の先生に相談しても、不安要素は聞かれなかった。となると、一番可能性が高いのは——遊びに行ってしまったということだ。親に内緒で大冒険。のつもり。塾に行っている間に出かけて帰ってくればバレない、という感じか。

　本当にそうだとしたら、何と浅はかな。義則は再び頭を抱えた。どういう理由での家出であっても親は心配する、というのを今さら身を持って知った気分だった。

　心当たりに電話をかけ続けたが、何の手がかりもなかった。探しに行かなければ。でも、どこへ？

　夏休み前に彼らと交わした会話を思い出してみる。ほとんど全員と「夏休み、どこへ行く？」という話をしたはずだ。行きたいところがどこか、ということも聞いた。

その時、あいつらは「絶対行きたい！」と言っていたところがなかったか。親に頼んだけれど、ダメと言われてそれなら内緒で――と考えたのではないか。

「七月中に行きたい！」

その時、達郎と誠志のそんな言葉が頭に響いた。

「七月中じゃないとダメなのか？」

「だっていとこが言ってた。八月になったら変なもの貼られちゃうんだって」

達郎が言う。

「変なもの？」

その変なものとは彼らの説明を聞いてもよくわからなかったが、とにかく何かオリジナルではないステッカーが貼られてしまうそうなのだ。

「だから、七月中に行くんだ、絶対！」

達郎と誠志の母が学校へやってきた。達郎の家では祖父が、誠志の家では大学生の姉が留守番をして連絡を待っている。父親は二人とも車で探しに出かけていた。

義則は母親たちにたずねる。

「あのー、お台場のイベントに行く予定とかありましたか？」

それは、某有名ロボットの実物大が公園に展示されるというものだ。達郎と誠志は、それに行きたがっていた。七月中に。

「それは、来月お盆休みに行く予定でしたけど」

「うちも親戚の家に泊まらせて、来月連れてってもらうことになっています」

母親二人とも、突っぱねはしなかったようだ。中学受験を控えているとはいえ、息抜きも大切と思っているのだろう。

お盆休みでは望み通りではないけれども、連れていかないと言われたわけではない。しかし、二人は納得したのか？

「そこへ行ったって可能性は、ありませんか？」

「でも、行くなって言ったわけじゃないし……」

某ロボットにはもちろん興味はあったようだが、熱狂的なファンというわけではないらしい。

「いとこに言われて行きたいって思ったらしいんですけど、時期については特にいつがいいとか言ってなかったと思うんですが」

「おこづかいとか減ってません？」

そう言うと母親たちはちょっと考え込み、家に電話をした。

しばらくして、二人とも貯金箱の中身がなくなっていることがわかった。

「ゲーム買うって貯めてたのに」

こづかいがなくなっていることで家出が濃厚になり、母親たちは泣きそうな顔になっていた。

「お金使っていくようなところに心当たりは？」

「いろいろありますよ……。ずっと行きたがってたところもありますし……そこら辺を探してみます」

「もし、いろいろ探してもいなかったら、僕が東京に行ってみますよ」

夏期講習は夕方までで、彼らは弁当持参だ。お台場まで、電車で行くと一時間半くらいかかる。

母親たちからすれば、連れていくと行ったところにわざわざ行くとは思わないようだが、義則にはどうもあの「七月中に行く！」という叫びが気になって仕方がなかった。

義則がお台場の公園近くの駅に降り立ったのは、午後になってからだった。

相変わらず家出をした二人からの連絡はなく、何かあったのか、警察に連絡すべきか、と親たちは半狂乱だった。何も知らずに遊び呆けているだけならいいのだが、本当に何か事件や事故に巻き込まれてやしないかと義則も気が気でなかった。

ここにいるという確信もないのだから、無駄足なのかもしれないが、もうどこを探したらいいのかわからないのだ。塾に電話をしたのは自分たちだったというし、とりあえず夏期講習が終わって帰る予定の時間まで待ち、それでも帰ってこなかったら警察に連絡、ということになった。それまで待っているなんてことは、義則にはできそうになく、それでここに来たようなものだった。

そんな一人前の教師のつもりのプライドは、モノレールの窓からロボットの背中が見えた時にちょっと崩壊した。さすがに子供の頃は見ていたし、プラモデルだって持っていたので……。実物大ってあんなに大きいんだ——いや、実物は本当はないんだけれども。

公園に入り、巨大なロボットを目の当たりにした時、今度はその威圧感に驚いた。ほとんど大仏だ。人もたくさん。周囲には露店が並び、グッズも販売されていたが、売り切れ続出だ。記念写真を撮る行列もできている。

会場を見渡すと、「お前、絶対知らないだろ」というような人もたくさん来ていた。知らなくても、こんなに大きいと話題になる。話題になれば見たくなる。見れば、知らなくてもその大きさに圧倒され、それは立派な観光目的になる、ということか。

それにしたって、七月中に来なくてはいけないってわけでもあるまいに――と思って周囲を見渡していた時、それは目に入った。

黄色いリュック、手にはデジカメ。そのデジカメが、身体の三分の一を占めている。

自分だけでなく、周囲の気がついた人もじっと見ていたりする。写真を撮っていたりもするが、動画で撮らないとダメな気がするなあ。動画で撮ってもCGとしか思われない気がするが。

いやそれにしても……また会えるとは思わなかった。ていうか、あれは夢ではなかったのか。

じっと見つめていると、こちらの視線に気がついたのか、それが振り向いた。点目なのに、こちらと負けず劣らない強い視線を感じて、ちょっとひるむ。

それは、バレーボール大のぶたのぬいぐるみだった。色は桜色。目は黒ビーズ。突き出た鼻。大きな耳の右側がそっくり返っている。

その小さなかわいいぬいぐるみは、義則の顔を見てちょっと首を傾《かし》げた。そして、とことこちらに近寄ってきた。

「すみません」

そして、声をかけられる。鼻がもくもく動いた。ピキン、と義則は緊張する。おじさんの声だ。あの時と同じ。

「以前、お会いしたことありますか？」

とても丁寧にたずねられた。返事をしようとしたが、声が出なかった。

「あ、こっちの勘違いだったらごめんなさい」

「いえ、あの……」

何て言おう、と考えている間に、彼は自分の勘違いだと思ったのか、

「すみません、失礼しました」

と遠ざかろうとした。そんな！

「あ、あの！」

あわてて小さな後ろ姿に声をかけた。怪訝《けげん》そうな顔（？）で彼は振り返る。

「す、すみません……あの……！」

声をかけたはいいが、頭がまとまらない。というより、声をかけるべきではなかったかも、と思うばかりで、何も頭に浮かばない。

「あの、男の子の二人組を見ませんでしたか？」

とっさに言ったのはこんなことだった。

「え？」

「六年生なんですけど……一人は短い髪でメガネで一人は坊主頭で日に焼けてて……背は普通——えーと、このくらいで……あっ、写真があった！」

忘れていた写真を、携帯電話の画像フォルダから呼び出す。達郎と誠志二人で写ってピースしている写真。達郎の母親からもらったものだった。

「いや、知らないです」

そ、そうだよな。当たり前だ。

「どんな服装ですか？」

「えーと……坊主の子は青いTシャツにバミューダ丈のパンツ……野球帽をかぶってます。短髪の子は紺のボーダーのポロシャツにカーゴパンツで、やっぱりキャップをかぶってて。バッグはおそろいで色違いのリュックを持っているそうです」

「おそろいのリュックを背負って歩いている男の子二人連れは見ましたよ。後ろ姿だから、髪型とか服装とかは憶えてないけど」

「ほんとですか!?」

「リュックって、もしかしてＬＬビーン？」

「そうです！」

遠足の時に見ていたから、知ってる。色も合っているようだ。

「ここでですか？」

「そう。正面から写真撮ってましたよ」

「どのくらい前ですか？」

「一時間くらい前かなあ」

リュックしか手がかりはないが、そんな偶然はなかなかないだろう。あいつら〜、やっぱり遊びに来てたんだなっ。

「けど、一時間前じゃもういませんよね……」

「いや、それはどうですかね」

へ？

「これって一時間ごとに動くのは知ってます？」

「あ、はい。聞いたことありますけど……」

首が動いたり、目が光ったり、スモークが出たりするらしい。

「一時間くらい前のその子たちは、来たばっかりって感じでしたけど、ちょうど動くのが終わっちゃったばかりだったんですよ」

「そうなんですか……」

「だから、動くまでその辺で待ってるかもしれませんよ。用事がなければ」

それは……ありえそうな気がした。周囲にはいろいろな露店が並んでいるし、記念写真じゃなさそうなのに、足元にはみんな並んでいる。その中に彼らはいなかったけれども、そこにいたとしたら、もうだいぶ時間もつぶれているだろう。あとは何か食べたり飲んだりして、ロボットが動くのを待つだけ。

とりあえず、そこまで待ってみてもそれほど時間のロスにはならない気がした。あと十分くらいだ。

「ありがとうございます。それまでちょっとそこら辺を探します」

「お手伝いしましょうか？」

そんなことを言われて、とてもびっくりする。

「ええっ、そんな……！」

「せっかく写真も見せてもらいましたし。探してるってことは、心配なさってるんでしょう？　お父さん……いや、お兄さんかな？」

「いえ、学校の担任なんです」

「そうですか。夏休み早々大変ですね！　わたしはここでヒマをつぶしているだけなんで、お手伝いしますよ」

「あああ……」

何だかとっても意外なことを言われて泡を食ってしまう。断るとかそんな発想は露ほども浮かばず、

「わかりました。お願いします……」

とつい言ってしまう。

3

ケータイの番号とメールアドレスを交換して、二手に分かれて探し始めたが、何だか信じられなかった。ああいうものに会ったということではなく、普通に話をしていたことに。周りにいた人に、どんな目で見られていただろうか。話すのに夢中で、全然注意をはらっていなかった。何だかもったいない。

しかし、今はとにかく二人を探さねば。

ロボットが動いた場合、やはり写真を撮りたいだろう、と思い、アングルのよさそうなところなどを見当つけて歩いていた。二人と同じような格好をした男の子はほんとたくさんいる。誠志は坊主頭なので、割と見つけるのは楽なのだが、あいにく夏なので、みんな帽子をかぶっている。思わず「脱げ！」と叫びそうになったが、そういうわけにもいかない。炎天下なんだし……。

昼も食べずにここまで来たので、露店のいい匂いが鼻を刺激する。が、買い食いをしている間に見失っては大変なので、我慢我慢。大人なんだし。

と思っていたら、そういう店の前で二人発見！　おいしそうにフランクフルトなんか食べやがって。

すぐに近づいて、怒鳴りつけようか、と思ったが、二人はあまりにも楽しそうだった。食べながら、ケータイを見せ合っている。撮った写真の見せっこだな。

彼らは来年、中学を受験する。公立ならば同じところだが、二人は違う学校へ進む予定だった。この夏は、塾で缶詰のようになって勉強をするはず。その塾も、クラスが分かれているらしい。達郎の方が成績がいいのだ。誠志の志望は野球の強豪校。それでも、ある程度の学力がなくては入れない。もちろん夏が終わっても勉強だ。

公立へ行くなら、ああやってふざけあいながら遊んでいるうちに夏休みどころか六年生が終わる。中学になっても同じクラスになれる可能性は高い（子供が少ないので）。だが、学校が違ってしまっては、あんなふうに遊べることはもうないかもしれない。両方落ちればいいってものでもないし、達郎はともかく、野球が大好きな誠志はその学校にすごく行きたがっているのだ。

八月に親からここに連れてきてもらえるのに、七月にこだわって二人で来たのは、〝二人〟で来ることが重要だったからかもしれない。

子供には子供なりの理由とこだわりと、意地があるのだ。それがどんなに大人（成長した自分も含めて）にわかってもらえないことでも、わかってもらうことに心を砕くほどの余裕も知識もない。

と、自分の経験を踏まえた偉そうなことを考えているうちに、二人はフランクフルトを食べ終わり、撮影場所を探してかフラフラし始めた。

しょうがない、ロボットが動くまで待ってやるか。義則は二人を尾行することにした。

ロボットが動き始めると、どよめきが起こった。義則ですらその迫力に目を奪われたくらいだ。

しかし、二人から目を離してはいけない。すぐに視線を落とすと、二人は大興奮しているようだった。ああして見ると、ただの無邪気な子供だ。とても微笑ましい。親は死ぬほど心配しているというのに、いい気なものだ、とつい笑ってしまう。

一連の動作を終え、ロボットの目の光が消え、一時間に一回のイベントが終了した。呆けたように見上げていた二人は、満足そうに顔を見合わせて笑う。

さて、遊びはもう終わりだ。義則は二人に近寄っていった。

「達郎、誠志！」

二人は弾かれたように振り向いた。

「迎えに来たぞ」

ここに義則がいるのが信じられないという顔をしている。

「お母さんたちも心配してる。帰るぞ」

そう言ったとたん、二人は駆けだした。えっ⁉　えええっ⁉

「おい、ちょっと待て！」

まさか逃げるとは思わなかった。二人とも、素直で比較的言うこと聞く子だったはずなのに！

だが、人混みで子供を追いかけるのは大変だった。こっちはガタイがでかくて人が壁になるが、向こうは二人ともまだ子供だし運動神経もいい。すきまを縫ってどんどん人の波に飲まれていく。

「おい！　誰かその子たちをつかまえてくれ！」

思わず声をあげるが、誰も協力してくれない。それどころかうさんくさそうに見られるばかりだ。

「ちょっとちょっと」

子供たちではなく、義則の前に人が立ちふさがる。コワモテな中年男だった。

「子供追っかけて、どうしようっていうんだ？」

おお、都会にもこういう気概のある人が——と一瞬感動したが、声かける相手が違ーう！

「俺は、あの子たちの担任教師だ。家出をしたから、連れ戻しに来ただけです」

「そんなこと、誰が信じるかよ」

ぶたぶたさんは信じてくれたのにー！

「子供をさらおうとしてないとも限らないじゃねえか」

周囲の人の目が冷たい。みんな彼と同じことを考えているみたいに見える。

「さらおうなんて思ってないですよ！」

大声出して目立ってさらおうなんて、バカだと思うけど！

「出るとこ出てもいいんだぜ」

男が指さす先には、制服警官が立っていた。こっちが脅されているようには見えないんだろうか。見ていることは確かなのに、近寄る気配はない。

男に反論しようと思ったが、もう二人は見えなくなってしまっていた。ここで彼と争って時間を無駄にするわけにはいかないので、引き下がることにした。男も満足したのか、それ以上追及してこなかった。

充分に離れたところで、ようやくひと息つく。義則が見つけたことで、この公園からはもう出てしまったに違いない。ここ以外に手がかりはないのに――ため息が出た。

まあ、でも今のところ事件や事故に巻き込まれているわけじゃないのはよかった。ちょっとほっとした。

このまま放っておいても帰ってくるのではないか、とも思うが、見つかって親に言いつけられていたらと考えたら、帰りにくいかもしれない。

もう、どうして逃げたりしたんだ、あの二人。近寄り方や声のかけ方がまずかったのだろうか。けど、あれ以外どうすれば？

「まったく……」

電話が震えた。ディスプレイには「山崎ぶたぶた」とある。

「もしもし？」

「遠藤先生ですか？」

先生？　いや、そんな！

「先生はやめてください……」

「そうですか？　あ、いや、さっき追っかけてるのを見ましたよ」

またかっこ悪いところを……。このぬいぐるみには、そういうところを見られる運命にあるのだろうか。義則は、また頭を抱えたくなった。

「そりゃお見苦しいところを……」

「で、子供たちのあとを今尾《つ》けているところです」

「えっ！」

「今、フジテレビの方にいますよ」

「わかりました、すぐに行きます！」

義則は電話を切ると走り出した。


ぶたぶたの誘導により、正面玄関ではなく、裏側の比較的空いている入り口へ向かう。植え込みにちょこんと座っているぶたぶたは、遠目に見るとただの忘れ物だった。狭い階段に座って焼きそばとか食べている人も、特に注意を払っていない。

「今、このエントランスの中のアトラクションで遊んでいるみたいです。ここから見えますよ」

中をのぞくと、大きな郵便ポストみたいなものの前のテーブルで、何かをけんめいに書いているようだった。大口開けてゲラゲラ笑いながら。

一応、二人に電話してみたが、やはり電源は切られている。

「親御さんに連絡した方がいいんじゃないですか？」

「そうですね……。見つけたから連れ帰る、とだけでも言っておきましょうか」

でも、本人が電話にでも出ないとなあ。すぐに連れ帰れないのに、ぬか喜びを味わわせても申し訳ない。

「いや、やっぱり本人に電話かけさせて、謝らせます」

心配をかけたのだから、本人たちの声を聞かなければ親も安心しないだろう。

「それにしても、何で逃げたんだろう……」

二人はポストみたいなもののそばから離れたが、今度はすぐ近くのゲーム機で試遊を始めた。

「単純にびっくりしただけかもしれませんねえ」

「まあ、学校でも確かにそういうことがありました」

すぐにつかまることを想定しての逃げだ。だが、あの人混みではそんな簡単につかまえられないのだよ！

「『ちゃんと帰るから大丈夫』って思ってるんだと思います。あいつらにはあいつらの目的というか、今日の予定があるんでしょう」

「まあ……それでも何があるかと心配ですよね」

「それはそうなんですけど――」

義則は、ぶたぶたに彼らのこの夏の状況を話した。受験やそのための塾、夏が終わってもずっと勉強漬けになること、合格したら離ればなれになってしまうことなど。

「思い出作りって奴ですか？」

「そうじゃないと、塾までサボッてっていうのの説明がつかなくて」

根は真面目な子たちだから。

ぶたぶたは、ちょっと考え込んでいたが、やがて言った。

「じゃあ、僕がついていきましょうか？」

「……は？」

「彼らの付き添いになりましょうか？」

「どういうことでしょう……」

「ほら、見てください」

　ゲームの試遊が終わった彼らは、すみっこの床の上に座り込んで、何やら話し込んでいた。紙を床に広げ、二人で指さしては首を振ったりうなずいたり――。

「何を話しているのかまではわかりませんが、何か知恵が必要なことではないかと思うんです」

　持ち上げた紙は、どうも地図のようだった。いくつか周囲に書き込みがある。行く場所のメモだろうか。

「先生の登場で、このまま帰るか、予定どおりにするか、それとも全部に行ってなるべく早めに帰るためにはどうするか、とか」

「そうですかね……」

「尾けていくんだって、見失ってしまうかもしれませんし、先生が事情を悟ってくれてるとわかる前にまた逃げてしまうかもしれませんしね。

　さっきは大丈夫でしたけど、大人が子供を追いかけたりすると本当に通報されたりしますから。その点、僕ならそういうことはまずないし、子供にも警戒されにくいです」

そりゃ……そうだろう。誰よりもたいていは小さい。

「……でも、いいんですか？」

「いいですよ。今日は幸い、ヒマなんです。付き添いがてら、帰るように説得してもいいし。

メールで逐一報告します。でも、彼らが僕を拒否した時は、あきらめてくださいね」

まあ……別の意味で逃げる、という可能性だって、ありえるだろう。その時は、その時だ。


ぶたぶたが二人に近寄っていくと、二人ともポカンとした顔になった。

何だか面白い。表情がめまぐるしく変わる。めったに見られるものじゃないな。俺もあんな顔をしてたんだろうか。

しばらく二人とも同じような百面相をしていたが、やがて持っていた地図をぶたぶたに見せた。彼らが拒否することはないと思っていたのだ。好奇心は、人一倍ある子たちだから。

ぶたぶたがそれをのぞきこみ、何やら鼻をもくもくさせて説明すると、二人は立ち上がり、うれしそうに歩き出した。

義則の方にぶたぶたが向き、手を振った。直後、

『移動します。テレポートの方』

とメールが来た。

いつ打ったんだ!?　あの手っていうか、やわこい布の先っちょで！　ていうか、テレポートって何!?　テレポートとは、瞬間移動《テレポーテーション》のこと!?

取り乱してしまったが、あわてて持ってきた地図を見たらば、「東京テレポート」という駅のことだとわかった。科学館？　みたいなものが近くにあるらしい。

ぶたぶたのおかげで、あまり急いで追いかける必要もない。遠くから観察しながらついていく。二人とも弾むような足取りで、ぶたぶたに何か話しかけたりしている。

何を話しているのか気になる。うらやましいとさえ思う。

自分が初めて彼に会った時は、会話なんてしなかったもんな。そういえば、あれから十年たつんだっけ。——十年!?

全然変わってない……。いや、そんなに気をつけて観察したわけではないから、変化なんて本当はわからないのだが。

そう。ぶたぶたとは、初めて会ったわけじゃない。十年前、一泊二日で東京に家出をした時、ほんの一瞬だったが、顔を合わせているのだ。合わせてる……？　うん、いや、向こうは憶えていないかもしれないが、こっちはばっちり憶えている。義則は、電車の座席に座ろうとして、彼の上に乗ってしまって怒られたのだ。

——ていうか、どんな状況だって絶対に忘れないだろう、あの人。

あの時、義則は東京で働く、でかいことしてやる、みたいに意気込んでいたとは思うが、単に遊びたい気持ちを都合良く変換していただけに過ぎない。と、今ならわかる。東京に行けばどうにかなるんじゃないかとか、自分には都合良くチャンスが転がり込むとか——それくらいのことしか考えていなかったはずだ。

うーん、あいつらと大して変わらないな。そう考えると情けない。いや、おそらく「遊びに行く！」としか考えていないあいつらの方が、なんぼか潔いか。

それが今、どうしたことか小学校の先生をやっているとは。

ああしてぶたぶたと一緒に話している二人を見ていると、この先どんな未来が待っているのか、と思う。それを言うなら、今の自分もそうかも。そういえば、まだまだ二十代ではないか、俺。

4

ぶたぶたに連れられて、達郎と誠志の二人はお台場のいろいろな施設を回った。人は多いし、暑いし、建物が近いように見えてけっこう遠いしで、汗だくだった。一人で尾行していたら、目が離せなくて熱中症になっていたかもしれない。だが、ぶたぶたが付き添って展示を見ている間、コンビニへ飛び込んで食べ物と飲み物を買えたので、助かった。

二人は、最後にもう一度ロボットを見に行きたかったらしいが、それはあきらめたらしい。予定どおりに帰るのなら、そろそろ電車にも乗らなくてはなるまい。

ぶたぶたがメールを送ってきた。

『モノレールの駅に連れていきますから、そこで声をかけてください。もう逃げないと思います』

いったいいつ打っているのだろう。あの二人とのおしゃべりの合間を縫い、あの指（？）で。声はどう聞いてもおっさんなのに、そのメール早打ちの技はおっさんでもぬいぐるみでもなく、まるで女子高生のようだ。

モノレールの駅の改札の前で、指示どおりに義則は待った。相変わらず騒がしい二人と、それをうんうんと聞いているぶたぶたがやってくる。

今度こそ。

「達郎、誠志」

声をかけると、二人は笑い顔のままこっちを向き、そのまま固まる。

「先生……」

お、今回はちゃんと呼んでくれた。

「さっきは逃げやがって。そろそろ帰るぞ」

そう言うと、二人は観念したようにうなだれ、

「ごめんなさい……」

と言った。それは逃げたことに対してなのか、塾をサボって遊びに行ったことに対してなのかは聞かない。

「あっ、あのね、子供だけじゃなかったんだよ！　ちゃんと大人もいたんだよ！」

嘘つけっ、最初はいなかったじゃねえか、と思ったけれども、それも言わない。

「ぶたぶたさんって言って、男の人でね、ずっと一緒にいてくれたの——」

と言って、ついてきたはずの後ろを振り向くと——ぶたぶたの姿はなかった。

「あ、あれ⁉」

二人は当然あわてていたが、義則も動揺していた。どうして？　お礼が言いたかったのに、いなくなるだなんて……。

「いたんだよ、ほんとにいたんだ」

「うん」

それは俺も知ってるが、どうしていなくなったのかはわからない。

「お礼を言いたかったのに……」

自分が考えていることと同じことを二人が言うのを聞いて、ちょっと切なくなると同時に、ぶたぶたに対してそういう気持ちを持ったことがうれしかった。

電車に乗る前に、親たちへ電話をかけさせた。

「とりあえず、早く帰ってきなさい」

という低い母親の声に、二人ともどれだけ叱られるのかと震え上がったが、とりあえず帰りの電車の中では、ぐっすり眠り込んでいた。自分もうっかり、一緒にうたた寝してしまう。

学校で待っていた親たちに雷を落とされ、泣きべそをかいた二人だったが——とにかく怪我がなくてよかった。

二家族は義則にお礼を言って、帰っていった。

「はああ〜……」

思わず大きなため息が出る。

「大変でしたね、遠藤先生」

「はあ、まあ疲れました……」

学年主任の言葉に、思わず本音が出る。

机に座って、ようやくほっとする。外はもう暗い。結局、今日の仕事は何も終わらなかった。先生は、夏休みだからって生徒と一緒に休みではないのだ。

その時、はっと思い出す。ぶたぶたとは電話番号とメアドを交換したことを。子供たちにとっては夏の幻かもしれないが、義則にとってはそうではない。

携帯電話を開くと、メールが一通、来ていた。ぶたぶたからだ。

『申し訳ありません、ご挨拶もなく帰ってしまいまして。子供たちに説明するのは大変かな、というのもありましたが、約束の時間にも遅れそうだったので、失礼させていただきました。

今日は楽しかったです。あれくらいの子供と長い時間接するのは久しぶりでしたが、何だかなつかしかったです。おせっかいでなければよかったのですけれども。

また改めてご連絡さしあげます。とりいそぎですみません。遠藤さんもゆっくり休んでください。ありがとうございました』

メールを読んで、義則は自分がまだ二十代なんだ、となぜか実感した。子供から「先生」と言われてはいるが、まだまだひよっ子で甘ちゃんで――十年前とちっとも変わっていない気がした。

雑用をすませて、帰宅のため車に乗り込む。家の近くの、月の明るい田んぼの中を突っ切る道に車を停め、意を決して電話をかけた。

「もしもし」

鼻をもくもくさせてしゃべっている姿が脳裏に浮かんだ。

「もしもし……遠藤です」

「ああ、今日はどうも。いろいろお疲れさまでした」

「いえ、こちらこそ本当にありがとうございました。お忙しいところ――」

「いや、全然忙しくなかったんですよ。むしろほんとにヒマで」

何となくぶたぶたがヒマとは信じられない気がするのだが。根拠は全然ないけど。

「今日、娘が結婚式でして」

――一瞬思考が止まった。結婚式？　娘？　娘のだったら、この人も出ないといけないんじゃないの!?

「それ、忙しくないなんてこと、ないじゃないですか！」

「あ、娘の結婚式じゃないですよ。招待ですね。招待されたんです、友だちの結婚式に。ホテルにね」

ああ、そうか、友だちの結婚式ね――ってそうじゃなーい！　娘!?　娘がいるって!?

しかし、それ以上声が出ない。

「で、送っていったんですよ、車で」

「えっ⁉」

車⁉　今、車って言った⁉　この人、車でって言ったの⁉

「娘さんが運転の」

「いえ、僕が」

もう頭がついていかないんですけど……。

「駐車できなかったら帰ろうかと思ったんですけど、運良くできたんで、そのまま帰りも拾おうと思って、それまでお台場の見物をしてたんです。ロボットも見たかったし」

み、見たかったんですか……。

「けどどこ行っても混んでるし、なかなかのんびりもできないんで、どうしようと思ってたんですよ。映画にでも行こうかな、と思ってたところに遠藤さんたちと出会ったんで、ついおせっかいをしてしまいました」

そのあっさりとした理由に、また思考が止まりそうになったが、かろうじて留まる。

「そうなんですか……。ありがとうございます」

「いえいえ、いろいろな意味でなつかしかったんです、ほんとに」

「なつかしかったって――」

「憶えてないですか、遠藤さん？」

え……ちょっ、まさか⁉

「憶えてるんですか、ぶたぶたさん……」

こっちが憶えているのは当然だとしても、彼の方までそうとは――。

「憶えてますよ。あの時は髪が赤くて、なかなか印象的でしたからね」

顔がかあっと赤くなるのを感じた。十年前のことなのに、昨日のことのように思い出す。立ち直るのにかなり時間がかかったのだ。

しかし、何だその記憶力のよさ！

「すぐにわかったわけじゃないんだけどね。僕を見ても、あんまり驚かなかったでしょ？ だから、前に会ったのかなって考えてたら、思い出したんです」

「俺のこと、先生だって信じてくれた時は、まだ思い出してなかったんですか？」

「うん、そうですね。でも、先生っていうのは別に疑わなかったなあ。何となく、なんだけど」

他の人は信じてくれなかったというのに……。

「達郎くんと誠志くんは、もう家に帰りましたか？」

「あ、はい。親に大目玉を食らって泣いてましたけど。お礼を言いたかったたって言ってましたよ。

そうだ。あいつらにぶたぶたさんのこと、話してもかまいませんか？」

「いいですよ。というか、遠藤さんにおまかせします」

「おまかせ？」

「あの子たちだけの秘密のままにするかってことですかね。やっぱりあの二人、六年生の夏休みに、二人だけで出かけたかったたって言ってましたから」

そうか……。

「それを俺が知ってちゃまずいですよね」

「いや、そんなこともないと思いますけど、言うのは今じゃなくてもいいんじゃないですかね」

――それはたとえば、十年後とか。かな？

次の日、達郎と誠志は母親たちに連れられて職員室へやってきた。

「ちゃんと二人だけで謝りなさい」

と言われて、二人そろって頭を下げた。

「先生、逃げてごめんなさい」

「黙って遊びに行ってごめんなさい」

どうも八月のお台場行きは二人ともなしになったらしいが、あれだけ満喫したのだから、もういいだろう。

「反省してるか？」

二人とも「してます、してます」と何度もうなずく。

「なら、よし」

あっさりと許した義則に、二人ともポカンとしている。

「先生、もっと怒るかと思った」

「昨日、怒っただろう？」

「昨日は、お父さんとお母さんの方がすごかったから……」

印象薄いと言いたいのだろうか。けど、それが正しい親のように思うが。

「楽しかったか？」

義則の問いに、二人はちょっと驚いたような顔をしたが、やがてうなずいた。二人とも、満足そうな笑みだった。

「ところで、付き添ってくれてた大人の人にはお礼を言えたのか？」

ちょっと意地悪な質問をしてみた。二人は少し悲しそうな顔をする。

「言えてない……」

「いなくなっちゃって……」

「電話番号とかも知らないし……」

しょぼんとしてしまう。

「あ、先生、その話、内緒にして」

突然思い出したように、達郎が言う。

「内緒って？」

「お父さんとお母さんには言ってないんです。だって、僕たちしか知らないし」

「どんな人か言っても、きっと信じてもらえないし」

そうかもしれないけど――。

「どんな人だった？」

「え？」

「その人、どんな人だった？」

二人は顔を見合わせ、無言で相談をしていた。

「あの」

「うん」

「ぶたぶたさんっていうんだけど」

「うん」

知ってる。

「ぶたぶたさんは」

「うん」

「とっても」

「とってもかわいいです」

二人の真剣な顔もおかしかったけれども、義則はぶたぶたの点目を思い出して、思わず吹き出した。

隣の女

えー、ちょっと待て。何も浮かばないのだが。

鳥海広大《とりうみこうだい》は、パソコンの前で固まった。

今まで何度もできあがらないかも、と思いながら〆切の足音を聞いてきたが、こんなに何も浮かんでこないのは初めてだった。仕事じゃないからだろうか？

いや、それは違う。仕事じゃなければもっと早いはず。遊びの原稿というのは、楽しみだけで書けるものだ。

プレッシャーが思ったよりもずっと大きいらしい。

その時、はっと気がついた。彼をいったい、どの立場で描けばいいのか。主人公？　それとも、怖がられる方？

いやいや——仮にも贈り物なのだから、怖がられるというか、脇役はダメだろ？　主人公だよな、うん。ヒーローだ。え、ヒーロー？　……いや、それはこっちの作風と合わないし。

何しろ、ホラー小説なんだからな。

これから鳥海が書こうとしているホラー小説は、もしかしたらとてつもなく難しいものなのかもしれない。

そう思いついて、彼はしばしげんなりする。いつもいつもそうだ。思いついて書き始めてから、「難しい」と思う。しかし、気づいた時はもう、たいてい後戻りができない。泣きながら書き上げるしかないのだ。

今回の場合、後戻りはできるかもしれないが、縛りは変わらないので戻っても大した変わりはなさそうだった。

だったらこのまま書くしかないのか。

鳥海が考えたのは、マンションの隣の部屋に引っ越してきた者との交流というか攻防というか——そういうものだった。いわゆる不気味な隣人って奴だ。奇妙な物音が聞こえる。何の音だかわからない。女にしようか。その女が、主人公の元へお裾分《すそわ》けをしに来るようになる。一人暮らしの男には、おいしそうなおかずのお裾分けは魅力的だ。隣の女の料理はうまい。次第に彼はその料理のとりこになり——みたいな話。

だが、問題はその主人公の男が、ぶたのぬいぐるみ、だということなのだ。

いや、冗談ではないのです。

俺は、そのぬいぐるみに捧げるホラー短編を書かねばならないから、主人公はぬいぐるみじゃないといけないのだ。

自分に言い聞かせるように、鳥海は思う。どう考えても隣人向きだ、という常識のささやきは無視して。

でも、冒頭からさっそく蹴つまずく。

＊　＊

隣の部屋に誰か引っ越してきた。

夕方、自室のチャイムが鳴らされた時、山崎《やまざき》は思い出した。そういえばトラックがマンションの前に停まっていたし、空き部屋だったはずの隣がガタガタと騒がしかった。

ここは1DKだし、トラックも小さめだったので、やはり自分と同じように一人暮らしだろうか、と思いながら、玄関を開ける。

＊　＊

さあ、驚くのはどっちだ？

……どう考えても、引っ越してきた方だよな。だって、ドアを開けたのは、桜色のぶたのぬいぐるみなんだぞ。バレーボール大で、黒ビーズの点目、突き出た鼻、そっくり返った右耳。そして、「はーい」と言う声はおっさん。いくら不気味な秘密を抱えた人間でも、ここは驚くに違いない！

──ていうか、ここって驚く場面じゃないよね？「どうぞよろしく」「こちらこそ」みたいに挨拶《あいさつ》するだけの普通も普通、より普通に見せるためのシーンだ。でもっ、この設定だと驚かないのはおかしい。

……話が進まないではないか。主人公に警戒心を持たせてはいけないシーンなのに、主人公の方が警戒されては何もならない。

難しいなあ、あの人を主人公にするのは。

じゃあ、せめて隣人の方にしようかな、といきなり路線替えしようと思うが、それだと悪役（ネタバレ）ではないか！　いや、それはまずいだろう。何のために主人公にしようとしているのだ？

そもそも、どうして今自分は、こんなに苦労してこの小説を書いているのだろうか。

そもそもの発端は、とある出版社の受賞パーティーで著名な戯曲家で演出家の朱雀《すざく》雅《みやび》と会ったことだ。

いつもなら行くことのないパーティーなのだが、今回の受賞者は鳥海の友人だった。お祝いを言うために駆けつけたら、その会場でひときわ目を引くベートーベンヘアの朱雀を見つけたのだ。

別に声をかけるつもりはなかった。だが、鳥海は最近、彼演出の芝居を見たばかりだった。とても面白かったので、ぜひ感想を言いたかったのだ。

しかしまさか、彼が自分の名前を知っているとは。

「いやー、本物のホラー作家と会うのなんて、初めてですよ！」

朱雀はキラキラした瞳で、そんなことを言う。

「土蔵でろうそくを灯しながら書くってイメージがあるよね！」

「…………」

元々ホラー好きな人間だったが、それはあくまでも小説や映画やゲームに関してだけで、本人がホラーなわけではない。が、確かにホラー作家とは何となくそう思われているふしがある。しかし、こうストレートに言う人も珍しい、と鳥海は思う。しかも屈託《くったく》なく、邪気もなく。

「……そんなふうには書きませんよ。目が悪くなります」

「あっ、そうか。それもそうですね」

まったく悪気がない様子でそう言うのを見て、思わず苦笑する。

「じゃあ、君はいったいどんなふうに書いてるの？」

「スタバのテラスでキャラメルマキアート飲みながら書いてます」

「…………」

「すみません、嘘です」

ぐわっと迫る目力に負けた。

「家で、デスクトップのパソコンの前に座って書いてます」

「スティーヴン・キングの小説に、『神々のワード・プロセッサ』っていうのがありますよね？」

　この脈絡があるようでないような会話って何なんだろう。

「ああ、ありますね」

　それにしても、ワープロって……今ならソフトだと思えばいいのかもしれないが。けど、『神々のパソコン』だと、何だかかっこ悪いなあ。

「どんな話か忘れたけど」

「僕もです」

　わははは、と妙に受けてしまう。

「くわしいですね。ホラーお好きなんですか？」

「割と。友人の影響もあるけど。君もホラー作家らしく見えないけど、その人もとてもホラー好きとは思えませんよ」

「じゃあ、僕はどんなふうに見えるんですか？」

「うーん……広告代理店の人？」

　それは……どう判断すればいいのだ。いいのか悪いのかもわからない。

「広告業界に明るい人？」

「いえ、ほとんど知りません」

前にいたのはゲーム業界で、製作側の下《した》っ端《ぱ》だったから、表に出ることなんて皆無だった。

「あー、それは失礼」

「……その『失礼』は、何に対しての『失礼』なんでしょうか？」

「いやっ、鳥海さんの作品は好きなんでねっ。今のは言葉のあやです！　それより、ほら、先月に出た――」

何となくごまかされたような気もするが、彼は本当に作品を読んでいるらしく、熱心に質問してくる。その顔が少年のようで、何を言われても「まあ、いいか」という気分になってくるから不思議だった。

「まだ途中なんだけど、サインしてもらえます？」

ええー、この人の方が自分よりも有名なのに……だったら、この間見た芝居のチラシでも持っていれば。それにサインしてもらえたのに。

恐縮しながらサインをすると、彼は突然、頭をかきむしり始めた。

「ああー、もう一冊持ってれば、友だち用にサインしてもらえたのにー！」

その嘆きようったら、まるで新劇かシェイクスピア劇を見ているようだった。——両方ともちゃんと見たことないけど。

「先生、先生」

後ろから遠慮がちに声をかけたのは、さっきからずっと朱雀の背後霊のように立っていた若い男性だった。マネージャーらしい。

「あの、僕一冊持ってますけど……」

「えっ、どうして⁉」

「この間『読みなさい！』って一緒に僕の分も買っていただいたので——」

「あっ、そうか」

「それ、どうぞ」

男性は、同じ文庫本を差し出した。

「ごめんね。また買ってあげるからね。悪いね」

朱雀はそれを鳥海に差し出す。

「図々しくてすみませんけど、とてもお世話になっている友だち用に、もう一冊サインしてもらえないかな」

「いいですよ。お名前は入れますか？」

「うん。『山崎ぶたぶたさんへ』って入れてください」

サインペンのキャップを取ろうとした手が止まった。


それから、何を話したのか、よく憶えていない。かろうじて、その「山崎ぶたぶた」なる人物？　ぬいぐるみ？　が出演し、朱雀が演出した芝居を見た、ということは伝えたとは思うが。

家に帰ってから、猛烈に後悔した。もっと訊いておけばよかったと。だが、何を訊けっていうんだ？

そう考えると、何も浮かんでこなかったりして。

いやいや、彼は自分のファンだと聞いたではないか。そのことをもっと突っ込めばよかったのだ。そうだ、それがあった！

とはいえ、朱雀は本人ではないし、又聞きでは限界があるだろう。あんな調子だと、どこまでがほんとで、どこからが演出だかわからない。

それでも、聞けるだけ聞いておけばよかった――思い返してもやっぱり後悔ばかりで……。朱雀とはもう接点はないだろうし、電話をかけようにも名刺に記されているのは事務所の番号だ。わざわざかけるのも恥ずかしい。他の用事があればいいのだが、そんなものができるとはとてもじゃないが思えない。

鳥海は、立ち直るまでずいぶんと時間を費やした。いや、そんなに時間がかかるとは思わないほどに。経験したことのない後悔だった。

人生っていろいろあるけど、そろそろ忘れてもいい頃、と考えていたら、思わぬ連絡が飛び込んできた。

〝朱雀雅〟

どう読んでも、そのメールの送信者の欄にはそう記されていた。

え、教えたかな、と思ったが、名刺に確か印刷したはず、と思い出す。

おそるおそるメールを開くと、外見や話し方とはうってかわった文章が並んでいた。

先日、清風《せいふう》書房のパーティーでお会いした朱雀雅です。

こちらのぶしつけな質問やお願いにも快く答えていただき、大変ありがとうございました。好きな作家さんを前にすると、いつも調子に乗って話しすぎる、と周囲の人間に怒られるのですが、失礼がなかったかと心配です――。

さて、突然のメールで申し訳ありません。実は折り入ってご相談したいことがあるのです。

え、もしかして作品を舞台化してくれるのかな、と思ったが、そうではなかった。それよりはるかに難しい、そしてもしかしてうれしいかもしれない頼み事だった。

そんなこんなで、このようにホラー短編を書くはめにおちいったわけだが――やはり捗らなかった。

悪役の隣人にするわけにはいかないので、ぶたぶたはむりやり主人公のままで話を進めることにする。悪役は、多少変わっててもよかろう。動じないのだ。いや、ちょっと驚く程度？　ふふふ、それを主人公は意外に思うのだ！

自分の姿を見た隣人の女性は、ちょっと目を見開いただけだった。

「隣に引っ越してきました玉川《たまがわ》です。よろしくお願いします」

まるでここに山崎がいて当たり前、というように頭を下げる。自分に驚かない、というかほぼ無反応という者を見るのに慣れていない山崎は、反応が遅れた。

＊　＊

……失礼ではないだろうか。なんか勝手に想像しちゃって。絶対に驚く、という先入観で書いてるな俺。驚かない人っているんだろうか。そりゃ世間は広いから、そういう人が絶対にいないとは言えないけど。

でもまあ、ドアを開けた人が並はずれた人だったら誰だって驚くし、それをどう表面に出すかは十人十色だ。すんごいイケメンとか美女への反応と、すんごいだらしない汚い人への反応が、見た目変わらなくても不自然ではない。

じゃあ、これでいいか。これでいいかって何だ？　仕事もこんな感じなのかな……一人でツッコミながら書いてるな俺。

ていうか、ぬいぐるみであることをオチに使ったら、怒られるだろうか？　それなら、このまま続けても全然不自然じゃないから書きやすい。

……とりあえず、そのまま書いてみようかな。


主人公がぬいぐるみであることを伏せると、あとは楽に話が進む。二人はごくごく普通に挨拶を交わし、隣人として交流するのだ。特別な感情は生まれないが、感じのいい人、と主人公は思う。

が、隣の部屋から謎の音が響いてくることに気づき、それについてぐるぐると想像を巡らす。

謎の音とは、何かを削っているような音、としておく。シャカシャカした感じ。やすりでもかけてるのかな、と思ったりするが、それにしては音が大きいような。

それが数日続いたのち、主人公は隣の女からおいしいおかずをお裾分けいただく。

おいしいおかず……。

料理にとんと疎《うと》い鳥海は、こういうシーンになると筆が止まってしまう。昔、ネットで自作の感想を漁っていたら、「何この食事のメニュー。ありえねー」と書かれていて落ち込んだことがあるのだ。それ以来、具体的な料理の描写などはぼやかして書いている。

しかしこの作品の場合、「おいしいおかず」が何であるか、というのは重要なことだった。一品ずつなのでまだ楽なはずなのに、最初に唐揚げという無難な選択をしたあと、もう浮かばなくなった。野菜炒めとかお裾分けには変？　変かな？　そこら辺の判断にも自信がないのだ。

うんうんなっていると、電話が鳴った。ケータイのディスプレイには「朱雀雅」。あれから、ちゃんと番号もメアドも交換した。

「こんばんは。今大丈夫ですか？」

この人は礼儀正しさと不躾《ぶしつけ》なところが絶妙にまざりあっているな、と知れば知るほど感心するのだ。

「はい、大丈夫ですよ。例の短編を書いていたところです」

「うおおっ、お邪魔だったかな!?」

リアクションが目に見えるような言い方だった。

「いえ、ちょっと詰まったので、ちょうどよかったです」

朱雀の用事は、場所と時間が決まったという知らせだ。

「小さいバーなんだけど、メシがうまいそうです」

「そりゃよかった。ぶたぶたさんはお酒と食事、どっちが充実してる方が好みなんですか？」

「どっちもです。酒はいける口だし」

意外——というか、何を聞いても意外なんだけど。

「料理も自分でしますから、おいしいもの好きですよ。うるさくはないけど」

「ええっ、料理するんですか⁉」

「しますよ。ガンガン。何でも作りますよ。しかもうまい」

ええー、自炊もしない独身男って設定じゃダメじゃんか……。

「短編が詰まってるって、どうしたんですか？」

興味津々《しんしん》と言った様子で朱雀がたずねる。鳥海はプロットを話して、

「おかずのメニューが浮かばないし、主人公に自炊もさせないと——」

と嘆いてみた。

「おかずのメニューね。なあ！　肉のおかずで、何もらったらうれしい⁉」

どこにいるのか、近くにいる人に訊いているらしい。モゴモゴと音がしたあと、

「餃子ですって」

「誰と話してたんですか？」

「ああ、妻です。今、家だから」

「奥さんですか。じゃあ、他にもどんなのがいいか、訊いてください」

朱雀は最初のうちは仲立ちをして訊いてくれたが、途中からめんどくさくなって、奥方に電話を替わってしまった。

奥方にもプロットを話す。

「やっぱりひき肉系がいいんじゃない？　薄切りは無理でしょう？」

全然動じないで話すところは、さすが朱雀の妻と言うべき。

「ひき肉も大変じゃありませんか？」

「バーミックスとかフードプロセッサがあれば平気よ」

バーミックスって何？　フードプロセッサって、ワードプロセッサと一文字しか違わな

い。

「春巻きとかシュウマイとか、作るのめんどくさいからもらうとうれしいと思うわよ。ミートソースとかもいいかもね。ピーマンの肉詰めとか、ハンバーグとか。コロッケもいいかも。料理する人なら揚げる前のものでもいいと思う。ひき肉にしないのならシチューとかカレーとか」

ふむふむと言われたままメモる。

「でも、主人公は自炊をさせないといけないんです」

「だったら、おかずを交換するみたいにすればいいじゃない。お裾分けにはお裾分けで返せばいいのよ」

メニューが二倍になるではないか、と思うが、仕方がないかあ。

朱雀の妻からの助言で、何とかメニューは決まった。しばらくは、二人でおかずの応酬だ。

が、ある時期からピタッと隣人からのお裾分けがなくなる。

「なくなって……なくなって、どう?」

はっと気づく。当初は料理なんかしない主人公だったから、おかずがなくなって残念（こう書くと浅ましいが）と思って、さらに話が動く、という展開を考えていたのだが、自分でも作るのならそういう感情の動きは薄いに違いない。隣人に特別な気持ちが生まれていれば関係ないだろうが、あいにくそういう設定にはしていないのだ。だって、本物のぶたぶたには妻子がいる。

そうなのだ。俺は独身なのに、彼には妻子がいる！

本人に則するのなら、妻子を出すべきなのだが、何だかうまく想像できなくて、あきらめてしまったのだ。朱雀から聞いたら聞いたで、あっちこっちに発想が飛んで、無駄に長くなりそうだったし。なるべく短くシャープにまとめたい、と思ったこともある。そのためにも登場人物は少なくしたかった。

予定では、おかずが恋しくて隣の様子も気になる、みたいに考えていたのだが、そういうわけにもいかないから、どうしようか——と悩んだ末、思いついた。

＊

＊

「あ、山崎さん」

マンションの廊下で突然声をかけられた。

「池田《いけだ》さん？」

前の会社の同僚だった。こんなところで会うとは。

「久しぶりですね。お元気そうで」

「池田さんこそ」

めったに笑わない人だと思ったが、今は満面の笑みだ。

「偶然ですね。どうしたんですか」

「山崎さん、もしかしてここに住んでるんですか？」

「そうですよ。そこの二〇二号室です。池田さんは？」

「僕は……その隣の二〇一に用事があって――」

彼は照れたようにそう言った。なるほど。隣人の恋人なのか、と山崎は思う。

隣人ではなく、その恋人のことを気にすればいいのだ。しかも彼はもうぶたぶたのことを知っているので、驚かなくても問題ない。

そして、しばらくたったのち、またあの奇妙な音を聞くようになるのだ。

＊　＊

最近、池田を見なくなった、と山崎は思う。恋人と別れてしまったのだろうか。

彼と廊下で会ってから、一度飲みにでも行きたいと思っていたのに。次に会った時にそんな話をしたけれども、約束まではしなかった。彼も「いいですねえ」と笑っていたので、適当な時期を見て、といいかげんに思っていたのだ。

考えてみれば、彼個人の連絡先を知らない。会社は変わっていないと言っていたから、そこに電話をすればいいか、と漠然としか思っていなかった。

今朝、玉川とエレベーターで一緒になった時、よほどたずねようかと思ったが、そんなプライベートなことを訊けるほど図々しくはない。

なので、昼休みに会社へ電話してみた。

「池田さんは辞めましたよ」

聞いたことのない声の事務員が、あっさりと言う。

「え、そうなんですか？　それって、どんな理由で？」

「……わかりませんけど」

つい訊いてしまったこっちもまずかった。そんなこと、普通知っていても言わないだろう。

約束というほどのものではないが、どうにも未消化な気持ちを抱えたまま、家へ帰る。

年賀状はなかったか、と漁るが、見つからなかった。

何となく落ち着かない。なぜかはわからないが、池田に連絡しなければ、という気持ちになった。

次の朝も、玉川とエレベーターで一緒になる。いつものように挨拶をしたら、あとは無言で下に降り、入り口でＪＲと地下鉄の駅方面に分かれるのだが、今日は山崎の方から口を開いた。

「玉川さん、池田さんの連絡先をご存知ですか？」

別れた男のことを訊くなんて無粋な奴だと思われるのは承知の上だった。それでも知っているのは彼女しかいない。

いつもと違う山崎に、玉川はちょっと驚いたような顔をした。まるで初めて会った時のようだ、と思う。彼女はいつもこんな感じで、あまり感情を外に表さない。

「池田さんに、ちょっと相談したいことがありまして」

言い訳がましく続けて口にする。もちろんそのとおり言い訳なのだが。

「だから、教えてください」

だが、玉川はそんな山崎の質問に、やはり何の表情も浮かべず答えた。

「池田さんってどなたですか？」

「えっ？」

「どうしてあたしがその人のことを知ってると思ったんですか？」

そういえば……池田は玉川の名前を口にしたわけではない。彼女の部屋番号を言っただけ。そこに入っていくのも見たことがあるが、後ろ姿だけだ。

池田が彼女とつきあっているというのは、自分の勘違いだったのだろうか……。

そう考えているうちにエレベーターは一階へ着き、玉川は、

「それじゃ」

と言って、足早に地下鉄の方角へ歩き出した。

＊　＊

「いかがですか、調子は」

朱雀は、いつものとおりのキラキラの瞳で訊いてきた。

「順調ですよ」

約束の短編はもうすぐ完成だ。ちょっと気になるところがあって、どうしようかとも思っているが、概《おおむ》ね順調だった。

「あとで見せてくださいね」

「それは僕ではお約束しかねます」

「えーっ？　あー、そうか……」

朱雀はすねたような声を出すが、すぐに納得したようだった。

「あとで見せてもらおう……」

ぶつぶつ言っているが、まあそれはしょうがない。

今日は朱雀からの〝接待〟なのだ。とはいえ、彼行きつけの小料理屋で二人で飲んでいるだけなのだが。一応おごりなので、〝接待〟。

「なんかねー、みんな意外に思ったらしいですよ」

「何をですか？」

「ぶたぶたさんが実はホラー好きっていうのを」

そりゃ、あの外見ではそう思われても仕方ないだろう。

「てっきり童話とか読んでるかとってぬかす奴もいて」

「それはかなり適当な想像ですね」

「あの声で童話はないよね」

その言い方もずいぶんテキトーだと思うが。いや、おじさんが童話を読んでいても全然おかしくないのだが。俺だって、たまに絵本とか読むし。

「本好きってこと自体、意外らしいです」

それは何となくわかる。文庫本が本人の半分くらいあってはなあ。

「ゲームもやるらしいですよ」

えーっ。

「そっちの方が意外です……」

「子供が小さいからねー」

小さい子がやるようなゲーム――ポケモンとか。本人がポケモンみたいだけど。自分が関わったゲームとかやってないだろうか。ぜひ訊いてみよう。

「いらっしゃいませー」

その声に何気なく振り向いた朱雀が、「げっ」と声をあげる。

「鳥海さん、隠れて！」

「え？」

「ぶたぶたさんが来た！」

「え、何で？」

「ここ、ぶたぶたさんとも一緒に来たことあるんです！」

え？　隠れるってどこへ？

「掘りごたつの中へ――」

足元に⁉

「見えますよ！」

どう考えても無理あるだろっ？　ぶたぶたの角度では、より丸見えだ。

「いや、脇に座布団とかの物入れがあるはずなんです。今は出してるから空のはず」

薄暗い中、手で探ると確かに取っ手があった。そこを開けて入り込んだのはいいが、せ、狭い！　戸が閉まるのか、これ⁉

朱雀が足で乱暴に戸を閉め、鳥海の腰も痛めたと同時に、声が聞こえた。

「あれ、先生、いらしてたんですか？」

「いやー、ぶたぶたさん、久しぶり！」

さすが舞台人、何事もなかったかのような受け答えだ。

「来月、寄らせてもらうからね」

「いつもありがとうございます」

「今日はどうしたの？」

「友だちと飲みに来たんです。ここは先生に紹介いただいてからよく来てますよ」

「おいしいもんね。酒もつまみも」

遠くで女将《おかみ》の声が聞こえたが、何を言っているのかはわからない。

「先生は今日、お一人ですか？」

ぎくり。

「いやっ、連れがいるよ。トイレ行ってるんだ。弱い奴だから、酔い覚ましをしてるのかもっ」

何気ない様子だが、ちょっと声が上ずっていないだろうか。目も泳いでいそうだ。先生、もしかして演技は苦手？

「そうなんですか。先生も飲み過ぎには気をつけてくださいね」

「わかってるよ。ぶたぶたさんもね」

女将が笑いながら何か言ったが、余計なことではなかったようだ。

「じゃあ、また」

「おー、またね」

しばらくして、朱雀が戸を開けてくれた。

「ぶたぶたさん、奥の座敷に行きました。ここからは見えないけど、場所変えますか」

「は、はあ……」

うう、腰が痛い。

狭い掘りごたつの中から出ると、奥の座敷の方から楽しそうな笑い声が響いてきた。あ
あ、何だかうらやましい……。俺もまざりたい。

しかしそれは不可能なので、仕方なく店をあとにした。


自分が堂々と彼の前に姿を現せるようになるまで、あと一週間。

あと一週間で、この短編を完成させなくてはならない。

朱雀にさんざん振り回されて帰宅した深夜、鳥海は執筆を再開した。

ここからが山場だった。

＊　＊

このマンションは、見た目はきれいにリフォームしてあるが、実は安普請《やすぶしん》だ。

それは住み始めてよくわかった。隣や上下の部屋の音が、思いのほかよく聞こえるのだ。柱や壁に耳をつけると、不明瞭ながら会話まで聞こえる。

山崎は、壁に耳をつけていた。

＊　　　＊

「かわいい……」

思わず口をついて出た言葉に、恥ずかしくなった。

いや、でも本当に、想像するとちっとも怖くない。が、一応想定してある読者にとって、山崎はぬいぐるみではないのだ。ただのおっさんが壁に耳をつけて音を聞く姿はあまり気持ちのいいものではない。

しかし、書いている鳥海としては大いに喜ばしい。こういうのを「萌え」っていうのかな、とあまり理解していなかった言葉の意味を悟ってみたりした。

隣の玉川の部屋から、また奇妙な音がしている。

毎晩のようにそれを聞いていた山崎は、その音の正体を知りたいと思うようになった。池田のこともあり、どうにも気になってたまらないからだ。

音を殺してベランダへ出て、洗濯機の上に乗った。ベランダの仕切りに手をのばす。そこから顔を出せば、隣の部屋の中が見えるかもしれない。

うんと背伸びをして、やっと届くか届かないくらいだった。洗濯機から降り、風呂場から椅子を持ってくる。軽いプラスチック製なので、持ったままでも何とか登ることができた。

＊　＊

ちなみに、ぶたぶたの部屋の洗濯機には外置き用のカバーがかけてあるので、それをつたって登ったのである。几帳面《きちょうめん》な人らしいから使いそう、と思って。昔つきあっていた彼女が、そういうのをかけていたのだ。

＊　＊

椅子の上に乗り、やっと手が届く。仕切りの上から顔を出すが、部屋の中は暗く、レースのカーテンも引かれていた。が、少しだけすきまがあった。奥の台所からの灯りが、部屋の中を照らしている。

物入れの扉が開いていた。

一応フローリングだが、元は畳だったせいで、物入れは見た目こそクローゼットのようだが、中身は押入のままだ。二段に分かれている。その下の部分ほぼいっぱいに何か大きなものが置かれていた。布がすっぽりとかぶせられている。少しはみ出しているようだ。

何だろう、と考えていると、台所の方から玉川が姿を現した。ビニールに包まれた何かを抱えて、物入れの中の大きなものの前に立ち、布を少し剝《は》いだ。

あれは……どこかで見たことがある。どうしてこんな一般家庭に？　なぜあんな大きなものが、必要なんだろう。

彼女は、抱えていたものを一つ一つ、それに入れ始めた。丁寧に、慎重に。最後に入れたものは、とても重そうだった。しかも、大きい。普通は、大きいもの、重いものから先に入れるんじゃないのか——。

その理由に気づいた時、動揺のあまり、足元の小さな椅子を蹴ってしまった。

玉川が、その音に顔を上げた。少しだけ開いたカーテンのすきまから、山崎の顔を正確にとらえた。

闇の中でも見えるような、射抜かれるような視線だった。いつも見る玉川の顔ではなかった。顔自体はいつもよりも無表情なのに、目だけに感情がある。あの目に感情が宿ることもあるのだ。

あわてて仕切りから飛び降りた。着地に失敗して倒れる。が、痛みなど感じているヒマはない。

部屋に戻り、窓に鍵をかけた。だが、これからどうしたらいいのか。

逃げなければいけない——と思っているのだ。

＊　＊

その日、鳥海は緊張した面持ちで狭いスタッフ用の休憩室にいた。

昨日は、大型家電量販店に行き、ＵＳＢメモリを買ってきた。いろいろ種類があって、どれにするかだいぶ迷った。こんなに種類があるとは、思ってもみなかったのだ。

どれにしても中身は大差ないので（容量の差はあるが）、どういう外見が彼の好みなのか、というのが問題なのだ。しかし、自分は彼の好みを何も知らない。

何も知らないのにあんな小説書いちゃって……しかも何だかありきたりで……。

鳥海は、そこが売り場であることも忘れて、うずくまりたい気分になった。

ここ数日、何だか恥ずかしくてたまらなかった。仕事だと「ええいっ、もういいや」と開き直ることもできるのだが、こういう形だとどう満足というか、折り合いをつけたらいいのかわからない。その葛藤に胃に穴が開く思いだった。

だが、もう逃げられない。ちゃんと贈答用のキットも買って、自分で包装して、用意したのだ。

どうせなら、早く終わらせたい。

その時、ずっと静まり返っていたドアの外から、ようやく大歓声が響いた。クラッカーの鳴る音も聞こえる。

「おめでとう！」

「おめでとうございます、ぶたぶたさん！」

大きな声は聞こえるが、肝心のぶたぶたの声が聞こえてこない。

「誕生日おめでとう、ぶたぶたさん！」

その中でもひときわでかいのが朱雀の声――もう何もかも消す勢いの声量だった。

「びっくりしたあ〜」

やっとぶたぶたの声が聞こえた。きっと目を丸くしているのだろう――点目だけど。

「いや〜、一度やってみたかったんだよね。こういうサプライズパーティーって奴」

朱雀が、ご機嫌な声で説明をしている。

「もしかして、ずっと準備してくださってたんですか？」

「そうだよ。内緒にするのが大変だってみんなにこぼされました」

朱雀は普段会っているわけではないが、職場の人たちは不用意なことを言わないように気をつけていたに違いない。もちろん、家族だってそうだろう。下の小さな子をどう説得したのだろうか。

「じゃあ、ぶたぶたさん、ここに座ってください」

「おお、まさにお誕生席」

何だか三角帽をかぶっているところしか浮かんでこなくて、吹き出してしまいそうになる。

「今日は、ここに集まった人たちだけでなく、さらにサプライズなゲストがいるんですよ。もちろんお祝いの」

「ええーっ、そうなんですか?」

ぶたぶた、困ったような顔をしてそうだ。

「どうぞ! ご案内を!」

朱雀の臨時アシスタントと紹介された杉山《すぎやま》という女性が、休憩室のドアを開けた。彼女から渡されていた花束とプレゼントの包みを持って、鳥海は出ていく。

が、顔は特に公表していないから、ぶたぶたの反応はこれ以上ないほど薄い。薄いというのがわかるのもすごいな俺。

「お誕生日おめでとうございます。ぶたぶたさん」

彼の前に立ち、簡潔に言った。

「ぶたぶたさん。この人、鳥海広大さん」

「ええっ⁉」

朱雀に説明されたぶたぶたが立ち上がった。椅子に座ったままだったから、もう少しで転げ落ちるところだった。鳥海と朱雀二人で大騒ぎして支える。

「ぶたぶたさん、プレゼントです」

少し落ち着いたところで、鳥海はUSBメモリと花束を差し出す。メモリは、一見ライターのように見える、黒い細身のシックなデザインだ。あとで仕事ででも使ってもらえるように、渋いものにした。

「そのメモリの中に、ぶたぶたさんを主人公にしたホラー短編が入ってます」

* *

ベランダの仕切りの反対側には何も置いていないから、上から逃げられない。いくらできるかもしれなくても下をくぐってつっかえたら目も当てられない。

反対側の隣の部屋に行っても、誰もいなかったらそこで立ち往生だ。

マンションの廊下へ出る――つまり、普通に出ていくしか逃げ道はないのだ。

決断をすれば、山崎の行動は素早い。すぐに廊下へ飛び出た。鍵もかけずに、階段へ急ぐ。

背後でドアが乱暴に閉まる音を聞いた。どっちのドアだろう。自分のか隣のか――とりあえず、少しだけリードを奪ったことにはなったか。

だが、こちらにはハンディがあるのだ。階段は、文字通り転げ落ちた。その方が早いから。

でも、どこへ逃げたらいいのだろう。自分の家はあそこなのだ。そして隣はあの女の家。友だちの家に行って、そこまで追いかけてきたら？

追いかけてくる、という根拠がないことも気がついた。だが、とにかくあそこから――彼女の隣から離れたかった。あの女は――なんてものを自分に食べさせたのだろう。知らないで食べていた。ただの好意だと思っていた。普通にお返しをするなんて、お人好し過ぎる。

　あの女は、山崎が何を知ったか、何を悟ったのかわかっているはずだ。池田もそうだったんだろうか。それとも、何かのはずみ？　それとも、それが目的？　事故？

　何にしろ、彼女が池田を知らなかったはずはないのだ。

　でも、山崎は池田よりも簡単な獲物だ。それは自分でもわかっている。つかまって火にでもくべられたら、それで終わりだ。何と簡単ではないか。人間よりもずっと楽だ。でもそれは、自分にとっても楽なのかもしれない。池田のようにはなりたくない。池田の前の人のようにも——。

　暗闇の中を必死で走っていると、ぎゅっと耳をつかまれ、持ち上げられた。

「うわあああぁ！」

　思わず叫び声をあげる。だが、あたりに人影はない。山崎の耳をつかんでいる者以外。

　ここはどこだ？　いったいどっちに逃げたんだろう？

「見た？」

　驚くほど静かな声で問いかけられた。

　山崎は、答えられない。

「見たよね？」

ビニールに包まれていたのは、池田の頭だった。玉川は、それを冷凍庫に入れようとしていたのだ。

彼女は山崎を片手でつまみあげたまま、向かい合わせにした。闇だと思っていたが、どこかからのわずかな光が、彼女の顔を照らす。笑っていた。こんな顔は見たことがない。初めて彼女の表情らしきものを見た。

「どうするつもりだ……!?」

声が震えた。彼女は、笑ったまま、小首を傾《かし》げた。

「僕は池田のようにはできないぞ」

だってぬいぐるみだから。

＊　＊

ぶたぶたは、とても喜んでくれた。

「すごい！　僕のために!?　オリジナルですか？　うわあ、ありがとうございます！」

鳥海の手は、彼の柔らかな手（布？）につかまれて、ぶんぶん振り回された。ああ、これだけでもういいや、という気分になる。

「これは何ですか？」

朱雀がＵＳＢメモリを見て、いぶかしげな表情になる。

「メモリスティックですよ。この中に、短編のテキストファイルが入ってるんです」

「えっ、印刷して持ってこなかったの⁉」

ものすごい顔と声で、というか全身で、朱雀は落胆を表現した。

「もう～、印刷してくると思ってたから、朗読する気でいたのに～。何て残念な～！」

いや、それだけは絶対に避けたかったから、ＵＳＢメモリにしたんじゃないか。

「喉《のど》もあっためてきたのにー」

恨みがましい目（とても怖い）でにらまれても困るのだ。

「僕へのプレゼントなんですよ、先生」

ぶたぶたが笑いながら釘を刺す。

「これだけは家に帰ってから、ゆっくり読みます」

そう、ぜひ、そうしてやってほしかった。だって……やっぱりちょっとえぐいし。童話作家だったら、あのほのぼのパーティーにふさわしいものになるだろうが、いかんせん自分はホラー作家なのだ。みんなに読んであげたら絶対にひかれるし、雰囲気ぶちこわしだ。朱雀に読んでもらったりしたら、それこそ阿鼻叫喚《あびきょうかん》――映画『キャリー』のダンスパーティーのシーンを思い出したぞ。

そんな出来のいいものでもないが。

タイトルも、結局センスもひねりもない『隣の女』。『お裾分け』と迷ったのだが、どっちもどっちだな。

帰り際ぶたぶたに、面白いか面白くないかは別物で、と強く主張したのは内緒だ。編み目ガタガタの手編みセーターみたいなもんです、と。自分にできる手作りは、これしかなかったのだと。

酔っていたとはいえ、恥ずかしい……。でも本当に本当の本心だった。

もう二度としない、と思いつつ、最初で最後が彼宛でよかったかな、とも思うのだ。

最後はこんな感じ。

「そんなことないわ」

玉川はこともなげに言う。

「あたしって悪食《あくじき》なのよ。知ってるでしょ？　ぬいぐるみは食べたことがないから、楽しみだわ」

そう言って、彼女はペロリと舌なめずりをした。

これから、池田と同じような地獄が待っている、と山崎は思った。

＊　　＊

手元の携帯電話が震えていた。メールだ。表示されている名前は、「山崎ぶたぶた」。タイトルは、「感想です」。

その時、鳥海は本当の恐怖を知った気がした。

次の日

1

久々に帰ってきた。七年ぶりだろうか。

直之《なおゆき》は元我が家だった一軒家を見上げて、そう思う。

七年は長いようでもあり短くもあった。暗くつらい日々は長く感じたが、今こうしていると、あっという間にも思える。ここに住んでいる元妻・月子《つきこ》と娘はどう思っているだろうか。

玄関のチャイムの音は、変わっていなかった。ドアの向こうから「はーい」というかすかな声が近づき、簡単にドアは開く。その瞬間、娘・穂波《ほなみ》の顔は凍りついた。

「……久しぶり、穂波」

彼女が無言のままだったので、直之が声をかける。

「お父さん……」

声を震わせながらも、そう言ってくれる。が、すぐに顔をひきしめ、

「……何の用なの？」

と冷たい声で言った。ご挨拶《あいさつ》だな、と思ったが、口には出さなかった。

「どうしてるかと思って」

白々しく聞こえることとは承知で、そう言う。

「今更？」

穂波はかすかに笑った。

「何年姿見せなかったと思うの？　七年だよ、七年」

その間にも何度か会おうとしたけれど、叶《かな》わなかった、とやはり思っただけで言わなかった。

「……それで、何の用なの？」

何も答えない直之に焦《じ》れたのか、穂波は再び同じ質問をした。

「上げてくれないのか？」

せめて中でゆっくり話したいと思ったが、

「どうして？」

一人娘はにべもなかった。おいおい。直之は笑いそうになる。

「久しぶりなんだから、いいだろう？」

「久しぶりだからこそ、このまま帰ってほしいよ」

その冷たい言葉に、直之の笑みは引っ込んだ。

「お母さんはどうしてる？」

「元気よ」

「お前は？」

「見たとおり」

元気そうに見える。

「大学はどうした？」

きっとにらまれた。

「とっくに社会人だよ！」

失敗した。一人娘の歳は、いつも間違える。一緒に暮らしていた時でさえ、そうだった。

「お母さんはうちにいるのか？」

「いいから、帰って！」

穂波の声が大きくなってきた。

「なあ、落ち着いて――」

「落ち着けってお父さんに言われたくない！　警察呼ばれたくなかったら、帰ってよ！」

通行人が興味深げにこちらを見ていた。直之は腹立たしい思いを抱きながら、再び穂波に言う。

「わかった。言われたとおり帰るから。でも、お前たちに渡したいものがあるんだ。それを受け取ってくれたら、帰る」

「……わかった。それでほんとに帰るんだね？」

「ああ」

「じゃあ、受け取る」

「車に置いてあるんだ。今、とってくる」

穂波はうなずくと、ドアを閉めた。もう二度と開かないかもしれない、と思ったが、路上駐車していた車の中から荷物を出して、再びチャイムを鳴らすと、ドアはあっけなく開いた。

「中に入れろ」

穂波の額に散弾銃の狙いを定めて、直之は言った。

穂波は悲鳴をあげようと口を開けたが、その前に直之はドアをピシャリと閉め、鍵をかけた。

「大声あげるな」

「……ど、どうしてそんなものを……」

「離婚してから免許とった。今住んでるとこは猿や熊が出るし、近所の者はたいてい持ってるんでな」

穂波はみるみる真っ青になった。

「本物だぞ」

彼女の気持ちを察して、言ってやる。土足で上がり込み、居間まで入り込んだ。穂波は後ろ向きのまま歩く。

「じょ、冗談でしょ……？　そんなの、撃てないよね……」

「知ってるか？　銃所持って、使わないのも違反になるんだ。定期的に撃ってるからな。ちゃんと扱えるよ」

中学に上がった頃から口が達者になった穂波が絶句している。

「お母さんは？」

「で、出かけてる……」

「ほんとか？　二階にいるんじゃないだろうな？」

「いないよ！　ほんとに出かけてるの！」

「いつ帰ってくる？」

「あさって……」

「あさって？」

「お母さん、旅行に行ったの、今朝。二泊三日で温泉……」

「じゃあ、連絡して帰ってきてもらえ」

穂波は目を丸くした。

「何でよ!?」

「話があるからうちに帰ってきたんじゃないか」

「さっき渡すもの渡したら、帰るって……」

「渡すもんなんかあるか」

「……ひどい！」

穂波は、突然きびすを返した。玄関に向かって走る。

「やめろ！」

カッとなった直之は、天井に向けて銃を撃った。穂波は足をもつれさせ、悲鳴をあげて廊下にうずくまる。ぶるぶると震えながら。

「本物なんだぞ。何させやがる」

いくら何でも、人に向けて撃ったことはないのだ。

これで警察に連絡が行くかもしれない。ことが大きくなってしまう。今日は何のために来たんだっけか？

そうだ。元々は女房と復縁したかったんだった。なのに、なぜこんなことに？　断られることだってもちろん考えていたのに、いないなんて。しかも娘にあんな態度を取られるとは思わなかった。家にも上げてくれないなんて。

こんなもの、持ち出すつもりもなかったのに。

だったら、どうして持ってきた？

そのうちパトカーのサイレンが聞こえてくるものと思っていたが、周囲は静かなままだった。

もしかして、誰も警察に通報しなかったんだろうか。銃の音など聞き慣れていなければ、車のバックファイア音くらいにしか思わないかもしれない。

それとも、俺は銃を撃ったりしなかったのか？

しかし天井には弾痕が点々とついている。

「静かだな」

今、直之は居間のソファーに座っていた。靴は履いたまま。散弾銃は膝に置いていた。

穂波は床の上に座り込んでいる。縛ったりはしていないが、彼女はさっきからずっと同じポーズで座っていた。固まっているように。

「穂波」

名前を呼ぶと、びくっと振り向く。そんな怯えたような目で見られることになるとは。

2

冷たかったり、バカにしたような目つきでよく見られたものだが、こんな目は初めてだ。子供の頃はそうではなかったはず。だが昔、娘がどんな目をして自分を見ていたのか、思い出せなかった。

「な、何で……」

穂波がためらいがちに言う。

「今頃、突然戻ってきたの……？　い、今まで全然顔も見せなかったのに」

「さあな」

説明するのは難しい。

「今、何してるの？」

「何？」

「仕事」

「工場に勤めてたんだけど……先月そこが倒産して」

穂波は何も言わなかった。まずい話題を出したと思ったのだろう。とはいえ、この状況で無難な話題は提供できるわけがない。娘の思考が手に取るようにわかって、直之はちょっとおかしかった。

「お母さんは?」

「何?」

「お母さんの仕事は?」

「ああ、うん……。ずっとおんなじところに勤めてる。こないだ、課長になったの」

「そうか」

元の女房は出世をして、優雅に温泉旅行か。

「お前は? もう勤めてるって言っただろ?」

「あ、うん……。保育士になったの」

何だか普通にしゃべれたので、ちょっと気分がよくなった。少しは穂波も態度を軟化させてくれるだろうか。

「そうか、じゃあ——」

その時、やわらぎかけた空気を切り裂くように、居間の電話が鳴った。ケータイではなく、家のだ。穂波のケータイは、電源を切って直之の服のポケットに入っている。

穂波はもじもじと電話と直之を見比べていた。また怯えたような目で見られた。直之は舌打ちをする。

「出ろ」

そう言われて彼女はぎこちなく立ち上がり、受話器を取った。

「もしもし……」

穂波はしばらく無言だった。誰かがしゃべっているのはわかるが、男か女か、内容もわからない。何の用事だ？　早く切ればいいのに。

ところが、

「はい、わかりました」

そう言った穂波が、こちらに電話の子機を差し出す。

「お父さんに替わってって……」

「え？　誰だ？　もしかして警察？」

かすかにうなずく。直之はひったくるように子機を取った。少し手が震えていた。動悸も激しくなる。

「もしもし？」

「もしもし。わたしは春日《かすが》署の山崎《やまざき》と申します。旦那さんですね？　少しお話ししたいんですが……」

かも。

「話なんかない」

「そう言われてしまうとこっちも困るんですが……」

穏やかで冷静な声だった。何を言われても何でも信じてしまいそうな声。セールス向きかも。

「じゃあ、まずあなたを何と呼んだらいいですか？」

「そうやって俺の名前を聞き出そうとしてもダメだ。ていうか、もうわかってるはずだろ？　こうやって連絡してくるってことは、誰かが通報したはずだからな」

こっちだってバカじゃないのだ。ということは、サイレンを鳴らさないだけで、外にはパトカーがいるんだろう。刺激をしないように、ってか？

「わかりました。生稲《いくいな》さん」

相手の警官は素直に引き下がった。

「誰が通報したんだ」

「ご近所の方です。あなたが銃を持って家に入っていくのを見ていた方がいて、そのあとに銃声がしたと」

やっぱり持ってこなければよかったのかもしれない。

「娘さんはそこにいらっしゃいますよね」

「ああ、いるよ」

「怪我をされたりしていますか？」

直之はちらりと穂波を見る。怪我というより、具合が悪そうだった。顔色は青いというより白い。

「いや、してない」

「ご近所の人の話では、最近体調が悪いそうなのですが」

「え？　おい」

穂波は自分に話しかけられているとわからない。

「穂波！」

強く呼びかけて、ようやく顔を上げた。

「体調悪いのか？」

「えっ!?　ううん、だ、大丈夫……」

警官にそう伝える。

「大丈夫だって言ってるぞ」

「……そうですか。今はまだ大丈夫なんですね？」

「ああ」

「わかりました。もし具合が悪くなってきたら――」

「そんなの、指図されるいわれはねえよ」

直之は電話を切った。穂波は白い顔のまま震えている。

「お前、持病でもあるのか？」

穂波は何か考え込んでいたようだったが、やがて答えた。

「違うよ……。妊娠してるだけ」

直之が絶句する番だ。

「……結婚したのか？」

「入籍だけ。生まれたら式挙げようって。今、つわりなの。それだけ」

妊娠した娘にどう接したらいいのか。月子の時はどうだっただろう。記憶はかなり遠かった。

「ねえ、どうするの？」

穂波の切羽詰《せっぱつ》まった声に我に返る。

「あたしは、ひ、人質ってことなんでしょう？」

直之の持つ散弾銃にちらりと視線をくれる。

「ああ、そうだな」

「こんなことして、どうするつもりなの？　それで何をしたいの？」

「俺は——うちに戻りたかっただけだ」

穂波の顔が、また白くなったように見えた。

「何でそんな……」

何か言葉を続けたかったようだが、構え直した散弾銃に息を呑む。

「自分の家に帰って、何が悪い」

「だって……だって」

穂波の言いたいことはわかる。ここは、正確には直之の家ではない。金を出したのは月子の親だ。でも、ここ以外を家と思ったことはなかった。勝手に家を出たのは自分の方なのに。

「お前、顔が白いぞ」

まさに蒼白だった。

「座ってろ」

「でも、でも……」

「座れって！」

散弾銃を少し動かすと、それだけで穂波はペタンと床に座り込んだ。

「ソファーに座れば？」

冷えたらいけないんじゃないのか？

「ううん、何だか身体低くしてたい……」

また電話が鳴った。直之は傍らに置いた子機を取る。

「何だ？」

「山崎です。すみません。穂波さんは大丈夫ですか？」

ちっと舌打ちをする。

「聞いたのか？」

「はい？」

「穂波の様子のこと」

「あ、はい……。聞かなくてもしゃべってくださる方がいて」

近所のおしゃべりがいるわけだな。

「奥さんにも連絡がつきました。大変心配しておられます。生稲さんのことも、穂波さんのことも」

嘘に決まってる。月子が心配しているのは、穂波のことだけだろう。

「穂波さんにもしものことがあっては大変ですので、お二人で外に出てらっしゃいませんか？」

まるで「遊びに来い」とでも言っているような口調だった。

「それはダメだ」

「どうしてでしょう？」

憎らしいほど落ち着いた男だ。

「ここに来た目的は、女房と話すことだ。このまま外に出たら、もう二度とあいつとはしゃべれなくなる。少なくとも俺が望んだ形では」

「じゃあ、電話で——」

「電話はダメだ。会って話したい」

電話番号も知らないけれど、こうなったら直接会って言ってやりたい。

「でも、奥さんは今、九州にいらっしゃるんです。家に着くまで何時間もかかりますよ」

「それまで待つだけだ。穂波も一緒に」

「でも、穂波さんは——」

山崎の言葉を最後まで聞かずに、電話を切る。

「お母さんにどんな話があるの？」

穂波が恐る恐る声をかける。

「よりを戻したいんだ」

そう言うと、彼女は目を丸くした。

「何言ってるの……？」

「さっきだって言っただろ？　家に帰りたいって」

「家だけが欲しいと思ったんだよ。何なの？　本気？」

「当たり前だろう？」

穂波はひゅうっと息を吸い込んだ。

「じゃあ、どうして今まで帰ってこなかったの⁉　その前も、さんざんお母さんに苦労かけて……お母さんとあたしが、どんな思いをしたと思ってんのよ⁉」

彼女の声はかすれていた。怒っているのに、顔は蒼白なままだ。息切れもしている。

「それは悪かったと思ってる」

直之は何の反論もできなかったが、

「それでも、よりを戻したいんだ」

「『悪かった』って……あれ、あれを『悪かった』のひとことで許せって言うの⁉　借金作って逃げて……何度もあたしたちを殴って……浮気だってしてたの、あ、あたし知ってるんだからね――！」

穂波はぶるぶる震えだした。

「おい、座れ」

「あんたの……あんたの指図なんて……！」

最後まで言い終えられないまま、彼女はソファーに倒れ込んだ。

「穂波、穂波」

「近寄らないでよ……」

力のない声だった。

また電話が鳴る。まるでタイミングを見計らったように。

「もしもし」

同じ声だ。山崎と名乗る警官。

「何だ？」

「穂波さんの様子はいかがですか？　ご主人も心配されています」

ご主人？

「そこにいるのか？」

「いえ、会社からこっちに向かっている最中です。一時間ほどで来られるそうです」

顔も知らない義理の息子などどうでもいいのだ。

「女房はいつになったら来るんだ？」

「今、空港に向かっている途中です」

「じゃあ、それまでこのままだ」

「でも、穂波さんは――」

「子供がいるんだろ？　わかってるよ」

「もしものことがあったら大変ですから――」

「そんなのはあんたに関係ない」

子機だとガチャンと乱暴に切れないのが残念だ。

「お父さん……」

穂波は泣いていた。

「お願い……お願い、一緒に外に出よう……」

「…………」

「お腹の子に何かあったら、どうするの？」

子供のようにしゃくりあげて泣いていた。

「お母さんが来るまでダメだ」

「そんな……そんな、ひどいよ……」

小さい頃もこんなふうによく泣いていた。自分が泣かしていたことも多い。約束をやぶることなど、日常茶飯事だったからだ。

穂波は身体を震わせてむせび泣いていた。多分、情緒も不安定なのだろう。月子も妊娠中、同じようによく泣いていたと思うが、それは別の理由だろうか。

子機の履歴を見ると、見知らぬ携帯電話の番号が表示されている。というか、多分この電話の履歴の番号はすべて知らないものなのだろうが、これだけはどこの——誰のだかわかる。あの、山崎という警官のものだ。

直之は、自分からその番号に電話をした。


「もしもし？」

「山崎か？」

「生稲さんですか？」

出たのはもちろん山崎だ。

「娘を外に出す」

「そうですか――」

素早く彼の話をさえぎる。

「ただし、娘と引き替えに別の人質を用意しろ」

背後で息を呑む声が聞こえた。

「……わかりました。用意します」

「男はダメだ。女にしろ」

「警官にはなりますが」

「華奢《きゃしゃ》な奴にしろ」

女でも腕っ節の強い奴はいる。

「男でも、小さいのはどうですか？」

「男はダメだと言っただろう」

「あなたよりも小さいですよ。絶対に」

絶対に、とかなり強調するのはなぜだろう。

「ていうか、女性よりも小さいです」

「子供か？」

「子供ではありません」

「……謎かけをして時間稼ぎをしようとしてるんじゃないだろうな」

「違います。本当に女性よりも小さいけど子供じゃない男です」

何を言っているのかわからない。煙《けむ》に巻こうとしているのではないか。

「ダメだ。女を寄こせ」

「じゃあ、これから外に女性警官ともう一人、その代わりの男を並べますから、どっちがいいか選んでください」

窓に近づく。念のため、穂波と一緒に。

カーテンのすきまから外をのぞくと、案の定、家の前にはおびただしいパトカーが群れていた。警官たちはその陰に座り込んでいるようだったが、その中から若い女性が一人、立った。作業服のようなものを着ているが、後ろを振り向いた時に警察であることを示すロゴが背中についているのが見えた。一般女性より訓練は受けているだろうが、小柄で華奢な女性だ。

そして彼女は、パトカーのボンネットに何かを置いた。

ぬいぐるみだ。薄ピンク色のぶたのぬいぐるみ。ビーズの点目と突き出た鼻。そっくり返った右耳。腰に手をあてて、偉そうに立っていた。踏んばる足元にしわが寄っている。

すると、そのぬいぐるみが突然動いた。手足の先についた濃いピンク色の布部分に貼りついたようにケータイが見える。

「わたしと彼女、栗原《くりはら》さん。どちらがいいですか？」

女性は「何もしてませんよ」と言うように、両手を上に上げていた。彼女が手を入れて動かしていない、と言いたいらしいが——これはいったい……？

「……何なの？」

泣くことも忘れて、穂波も外の不思議な光景を見つめている。

「……女だ」

何を攪乱《かくらん》しようとしているのか。

栗原という名らしい女性は、ぬいぐるみの首の後ろをつかんで持ち上げた。ぬいぐるみは足をじたばたさせる。

「でも、わたしだったらこんなふうに持ち上げられますよ」

わたし!?　わたしだって!?　この声は、さっきからずっと聞いている山崎という警官の声だ。おっさんの声ではないか。ただのおっさんだ。

「バカにするなよ……!」

思わず手の力が強くなり、穂波が悲鳴をあげた。

「バカになどしていませんよ」

厳しい声がした。

「穂波さんは大事な身体なんですから、優しくしてあげてください」

「黙れ、お前に指図は――」

「わたしと穂波さんを取り替えてくれたら、いくらでも文句は聞きます」

きっぱりと言うその声にカッとなり、ついこう返してしまったのだ。

「おう、じゃあ、聞いてもらおうじゃねえか。俺の文句をいやってほど」

3

売り言葉に買い言葉だった。

人質が他人だったら、反故にしていただろう。が、穂波は娘で、しかも妊娠している。つい反論をしてしまったが、心配は心配だった。

しかも、交換の人質があのぬいぐるみ。悪夢を見ているとしか思えない……。

だいたい、今日は朝からおかしかった。今まで一度も気にしたことのなかったことが気になってたまらず、どうにかこの気持ちを抑えようとしている間に、ここまで来てしまった、と言ってもいい。自分の意志で散弾銃を持ってきたのか、それとも車に入れっぱなしにしていたのか――いや、持ってきたとは思う。ちゃんと保管する場所が、今朝出てきた家にはあるはずなんだから。

そして、この状況だ。月子が家にいれば、こんなことにはならなかったかもしれない。

誰もいなかったらもっとよかった。多分、そのまま帰って、明日になるまで飲んだくれるかふて寝をするだけだった。そして、明日になれば忘れてしまっていたかもしれない。

でも、たまたま穂波だけが家にいて、冷たく拒絶されたことに傷ついたし、月子と話したくても話せない。旅行へ行っているというのにも腹が立った。どうしても妻と話したくなった。でも、穂波は絶対に会わせてはくれないだろう。だから、持ってきた散弾銃を取りだした——。

この家で暮らしていた時が、今までの人生の中で一番幸せだったように思う。それだけを思って、ここへ来ただけなのに。

玄関のチャイムが鳴った。穂波の手をつかんだまま、ドアまで行くが、そのまま出ることはせず、電話をかけた。

すぐに相手は出る。

「もしもし?」

「あんた、ぬいぐるみなんだよな?」

「そうです」

常軌を逸した会話だ、と思う。

「ぬいぐるみが人質になれるのか？」

穂波を渡した瞬間、どっと警官がなだれこんでくるということではないだろうか。

「わたしも一応警官ですんで」

「ぬいぐるみって死ぬの？」

「死にますよ」

何だかぞっとした。

「お父さん……」

穂波が不安そうにつぶやく。きっと何を言っているのかわかっていないだろう。

「あんたに、穂波と同等の価値があるっていうのか？」

「一応ぬいぐるみですが、生きてますからね。穂波さんの命と、変わらないと思っていますよ」

穂波を見ると、白い顔に汗が浮かんでいた。いくら何でも、孫を死なせたいとは思わない。銃を持っていれば、誰であっても手を出せないだろう。いたずらで所有しているわけではないのだ。ぬいぐるみであれば、なおさら何もできまい。

つまり、一人でたてこもるのと同じ状態になるということか？　月子が来るという保証もないまま。

直之は、ドアにチェーンをしたまま開けた。それに気づいたぬいぐるみが、近寄ってくる。手が届く範囲になった時、素早くそれの耳をつかんで、中に引き入れる。

「お父さん！」

穂波が悲鳴のような声をあげた。ドアがぴしゃりと閉められたのだ。穂波を外に出さないまま。

「生稲さん、穂波さんを外に出してください！」

しかし、ぬいぐるみは毅然《きぜん》とした声を出した。確かに電話で聞いていたのと同じ声だ。

「こいつ！」

本当はただのリモコンで動くおもちゃじゃないのか？　穂波を出したら、警官が突入するに違いない！

直之は、ぬいぐるみを踏みつけた。中にマイクやカメラが仕込んであると思ったからだ。

だが、いくらぐいぐいと踏んでも、固いものが入っている気配がない。

「穂波」

びくっと身体を震わせて、穂波が顔を上げる。

「ぬいぐるみを調べろ」

「し、調べろって……」

「中に何か入ってないか」

「何でよ！」

「穂波さん、調べてください」

ぬいぐるみの声に、穂波はさらに怯えたような顔になったが、言うとおりに手に取り、揉みしだく。

「何もないよ。ただのぬいぐるみだよ」

「ただのぬいぐるみがしゃべったりするか！」

「でも、何も入ってないよ！」

半狂乱の穂波が手を離すと、ぬいぐるみは床にすっくと立ち、身体をパンパンと叩き始めた。それを父子二人で目を丸くしてながめる。

「穂波さん、大丈夫ですか？」

「穂波に近づくな！」

直之は散弾銃をぬいぐるみに向けた。

「落ち着いてください」

「これを落ち着けって!?」

そんなの無理だろ!?　混乱を招いているのはこいつではないのか!?

「こ、これは何!?」

穂波がぬいぐるみを指さして言う。するとそいつはくるりと振り返り、

「わたしは警官です。春日署の山崎ぶたぶたといいます」

堂々たる自己紹介に、二人とも言葉を失った。

「嘘でしょ……?」

穂波の身体がぶるぶると目に見えて震えだした。さすがに心配になる。

「お、おい、穂波……」

「冗談じゃないよ……」

「穂波さん」

「やだ、もうっ、近寄らな——!」

突然、穂波はうめき声をあげ、居間から走り出た。

「どうした!?」

直之とぶたぶたがあとを追うと、ドアがバタンと閉まる音に続いて、盛大なえずきが聞こえてきた。

トイレのドアの前で、直之は呆然としていた。

「穂波、大丈夫か……？」

返事はなかった。大丈夫なはずはない。水が流れる音と嘔吐の気配だけが続く。

ぶたぶたは直之の足元にいた。このすきに何かをしようとは考えていないらしい。

「ここから出てきたら、せめて寝かせてあげてください」

静かにそんなことを言う。

「外に出せとは言わないのか？」

「言い合いになって興奮しても、身体に触りますしね」

何か言い返そうとしたが、何も浮かばなかった。

「穂波？」

かわりに穂波を呼ぶ。だが、返事がないのが心配だった。

「穂波？　どうした？」

ドアをドンドン叩いたが、それでも返事がない。すると突然、中からどさりと重い音が

した。まさか、倒れた⁉

「穂波！」

トイレには鍵がかかっていたが、古いものなので、力まかせにひっぱったらすぐにはずれる。

だが、中には誰もいなかった。トイレの窓が開いている。

「助けて！」

穂波の声が外から聞こえた。直之はあわててトイレの窓を閉め、鍵をかけた。ぬいぐるみをつかんで、居間に戻る。

窓から外をのぞくと、捜査員に抱えられた穂波が、救急車へと運ばれていくところだった。あの小さな窓を通って、自力で逃げたのだ。

直之は、この家に一人で取り残された。いや、山崎ぶたぶたという名のぶたのぬいぐるみと一緒に。彼の思惑どおりに。

4

「もしもし」

「……月子か？」

電話口は沈黙した。

「今、どこにいる？」

「飛行機の中。そっちに行くまでまだ時間がかかるの」

話したくてここまで来たのに、いざ声を聞くと何も浮かんでこない。

「穂波はもう外に出てるんだ」

「聞いたわ。病院に運ばれたけど、何ともないって。今は、お巡りさんが代わりにいるんですって？」

あれがお巡りと言えるのなら。

「どうして今頃帰ってきたの？」

月子の声は穂波ととてもよく似ていたが、穂波より、そして記憶の中よりも優しく聞こえた。

「それは、会ってから話す」

「ねえ、もう出てきて。これ以上このままでいると、きっと罪が重くなるわ」

心配しているんだろうか。いや、そうじゃないだろう。

けれど、それはどうでもかまわなかった。どうせ自分が望んだことは叶わない、と思うからだ。

「それはお前と会ってから考える」

そう言って、電話を切った。

外は静かだ。

「警官が突入するかと思ったけど、そんなことしないんだな」

独り言のように言う。

「人質がいますからね」

「穂波と交換したら、絶対に警官が押し寄せてくると思ってたんだ」

こんなものが人質の代わりになるとは思わなかったが、何も起こらないということは、ちゃんとその役目は果たしているんだろう。

「文句を聞きますよ」

「え？」

「そういう約束をしましたからね」

「文句ね……」

文句なんて、あるようでないようなものだ。

「言ったって変わらないし」

「そんなことないですよ。言うとちょっとはすっきりします」

昔、月子と穂波に当たり散らしたことを思い出す。文句というかさんざ暴言を吐いたが、すっきりした気分になぞならなかった。殴ったりもしたからだろうか。

「俺はもう、何年もすっきりした気分なんか味わってないよ」

病気かな。

「若い頃からそうだったかもしれない」

違うかもしれないが。

「俺は、いつ満足したことがあったのか」

イライラする気持ちを、持て余すばかりだ。

「金もないし、一人だし」

いいことなんて一つもない。

「俺がいたことなんて、みんな忘れていくんだ」

自分から捨てたはずなのに、そっちからも拒否されて。

ポロポロととめどなく出ていく言葉は、ほとんど独り言と同じだった。ぶたぶたは相槌も打たない。ただ黙って聞いているだけだった。

俺は、ぬいぐるみにしか本音を言えないのか。まるで、独りぼっちの子供のようではないか。

しかしそれは、あながち間違ってもいない、と思わざるを得なかった。俺はそこから成長していない。

いつも腹を空かせている赤ん坊だ。

でも、それがわかったからって何だろう。もう遅い。もう、何もかも遅いのだと、手の中の散弾銃を見て思った。

月子が帰ってきた。ひどく疲れた顔が窓から見えた。

「お願いだから、外に出てきて」

さっきから電話で話している。

「家の中に入ってこい」

月子は返事をためらっていた。多分、警察の方から「承知するな」と言われているのだろう。

「穂波から聞いたわ。よりを戻したいんですって？」

「ああ」

「話ってそれなの？」

「それもあるけど、それだけじゃない」

だんだん言いたくなくなってきた。意地になっているだけだ。電話でもいいから言ってしまえ、という声と、誰にも悟られたくない、という気持ちがせめぎ合っている。

「よりを戻してもいいって言ったら、そこから出てくる？」

「……お前、そんな心にもないこと言うな」

しれっとよく言える、と思う。急激に腹が立った。

「なんて残酷な女だ」

「――そんなこと、あなたに言われたくない」

声の調子が変わる。

「あなたよりあたしの方が残酷だなんて、ありえない」

ああ、そうだろうよ。きっと誰もお前の方が残酷だなんて言わない。裁判になったって、そう思う人間はいないだろう。

「お前が本当に約束を守るのなら、出ていってもいい」

だから、その期待には答えるまでだ。

「よりを戻すっていうなら、出ていく。こっちには証人がいるぞ。警官だ。ここにいる山崎って奴に証人になってもらう」

違う違う。本当はこんなこと言うつもりじゃないのに。

だが、電話口の向こうで月子が絶句するのを感じ、ほくそ笑んだりもする。

「そんなの……そんなこと……」

「できない約束はするな」

それは何度となく月子に言われた言葉だった。初めて言ってやった！　暗い喜びを感じて、大声で笑い出したくなった。

笑うかわりに、窓を細く開け、そこから散弾銃で月子を狙った。

「お前を狙ってるから」

「えっ⁉」

「動くな。動くと撃つぞ」

外の連中は色めきだった。アメリカだったら、きっと狙撃されるだろう。しかし、日本はそんな手段はめったにとらない。というより、とれない。

だいたい、こんなぬいぐるみが警官をやってるくらいだからな。

「よりを戻すか？　月子」

狙われている月子は呆然と立ちすくむ。よし。手も震えていない。狙いは確かだった。

「それを約束するなら、外に出てやってもいい」

「ダメです、生稲さん」

今まで黙っていたぶたぶたが声をあげた。

「そんな約束は無効です。証人がいたとしても、脅されての約束には効力がありません」

さっきまでのソフトな口調とは違った強い物言いに、うかつにも怯《ひる》んだが、振り向くことはしなかった。月子を狙ったまま、動かない。

「あなたが望んでいることは、そんなことじゃないんでしょう？」

いやな言い方をするぬいぐるみだ。

「月子さんに会って話すと言っていたことは、何なんですか？」

「黙れ……！」

銃口をぶたぶたに向けそうになったが、何とかこらえた。それが作戦だ。そっちに向けさせて撃たせる目的。でも、こんな至近距離で撃ったら、あのぬいぐるみはこっぱみじんになるだろう。

それが死ぬってことなんだろうか。

「月子、どうする!?」

月子は泣いていたが、返事をしない。そんなにいやなのか。

「生稲さん。もうやめましょう」

再び静かな声で、ぶたぶたが言う。

「やめるって何を？」

「いわゆる〝無駄な抵抗〟って奴です」

「何言ってる？　こっちは銃があるんだぞ」

「それ、弾入ってませんよね」

ぶたぶたの言葉に、直之は凍りつく。

「そんなこと……」

「さっきのぞいたら、もう弾は入ってなかった」

「のぞいたら⁉　どこを⁉」

「銃口です。月子さんと電話でしゃべっている間、銃口下に向けて立ってましたよね？　その時、中をのぞきました。あなたは、弾を一発しか込めてなかったんです。でも、それは天井に向けて撃ってしまった」

点々と穴の開いた天井を、ぶたぶたは指さす。

「その銃身でわたしを殴っても吹っ飛びはしますが、もう撃つことはできない。あなたに武器はないんです。それに、あなたの目的は奥さんとよりを戻すことでもない」

ぶたぶたの言葉に、直之は振り向く。

「あなたは昨日、誕生日でしたよね？」

おかしなうめき声が聞こえたが、自分のものとは思えなかった。今日じゃない。今日じゃないのに——。

散弾銃を握る手に、力が入らなくなった。がつんと音を立てて、床に落ちる。ぶたぶたはどこにそんな力があるのか、銃を持ち上げ、えいやっと声をあげて窓から外に放った。

少しの間ののち、警官たちがわらわらと家の中に入ってきて、直之を拘束する。騒然とした雰囲気の中、どこか他人事《ひとごと》のようにそれを感じるしかなかった。

5

取り調べ室は、ちょっと狭い会議室のようなところだった。

最初に取り調べにやってきたのは、大柄な中年の刑事だったが、ほとんどしゃべらない直之にしびれを切らしたのか、やがてぶたぶたがやってきた。

「……何であんたが取り調べをしないんだ？」

「わたしは本当は窃盗が担当なので。でも、ああいうたてこもりとかの時には、呼ばれるんです」

「どうして？」

「説得をするだけの時もありますし、今日みたいに人質の代わりになったり、潜入したりするんですよ」

「……特殊任務？」

「他の人にはなかなかできないことかもしれませんね」

直之は、少し笑った。それから、しばらく無言の時間が過ぎたが、

「銃口をのぞくのは危ないから、絶対にやめろ」

これだけは言っておこう、と思ったのだ。

「そうですね。僕も、ああいう時でなければやりません」

「必要もなかったと思うけど。弾はどっちにしろ二発しか入らないんだし」

「入ってたら、どうにかして抜こうと思ってたんです。でも、もしかしたら、入ってないんじゃないかって思ったんで」

「どうして？」

「何だか扱いがぞんざいだったからです。地元のあなたの友人に電話で話を聞いたら、あなたはいつも、かなり慎重に散弾銃を扱ってるって聞いたんです。なのに、あの家の中ではずっと引き金に指をかけてた。安全装置をかけていても、穂波さんを脅すためだとしても、弾が入っていたらそんなことをしないんじゃないかって思ったんです」

「そうか……」

この小さな目で、ちゃんと観察していたわけか。

「弾を一発だけ持っていたのも、ここで奥さんや娘さんを脅すためではないと思いました。――あなたは、自殺をするつもりだったんですね」

ぶたぶたの言葉に、直之はうなずいた。本当にそう決心していたわけではなかったが、いつもこの時期はそうだったのだ。

「毎年この時期にふさぎこむとその友人は言ってましたが、彼はあなたの誕生日を知らなかった。つきあいはひととおりあっても、それほど親しい人はいなかったんですね」

妻や娘に、祝ってほしかったわけではない。そんなのは毎年のことだから。でも今年は、働いていた工場もなくなり、同僚が何人もいなくなり、先の見通しも立たなくて――そう考えていたらいてもたってもいられなくなり、昔は確かに自分を祝ってくれた妻と娘に会いに来たのだ。

いつものように山の中で、一発だけ込めた銃を前にして、どうするか、と逡巡するだけにしておけばよかったのに。

月子に会っても、こんな話はできなかっただろう。ぶたぶたは的確に直之の心の内を言い当てていた。それを自分は言葉で表すすべがない。

だが、彼にいくつか言ってもらえたことで、今まですべてこぼれおちていたものを、ほんの少しつかめた気がしていた。


思ったよりも軽い刑ですんだ直之は、刑務所の中でたくさん手紙を書いた。出したのは、月子と穂波と、ぶたぶたにだけだったが。

手紙などほとんど出したこともないし、文章を書くこと自体苦手だ。本も読まないような人間なので最初は四苦八苦したが、最近は少しずつ、自分の考えていることを書けるようになってきた。難しいことや、奥深くにあるものはまだ文章にはできないが、手で文字を書くという行為が心を落ち着かせてくれる、というのを初めて知った。

ぶたぶたは、いつも丁寧に返事をくれる。月子は近頃、返事をくれるようになってきた。穂波からの音沙汰はない。赤ん坊が男か女かもわからない。月子の手紙から察するに、無事に生まれたようだけれど。多分、娘が許してくれることは一生ないだろう。

だが、返事があるから月子は許してくれる、とは思わない。そんなに甘いことは考えていないが、「手紙を寄こすな」と言われない限り、出していこう、と思っている。

微塵《みじん》に散ったものが元通りになることはもうないけれども、かけらを拾うくらいはできるのだ。時間がかかってもいいから、それらをできるだけたくさん拾おう。拾いたい。拾って、それを言葉にしたい。

今できることがあるだけ、いいじゃないか、と直之は思った。

小さなストーカー

1

あたしがその女の子に初めて会ったのは、学校からの帰り道。

制服姿でタバコを吸っていたら、じーっと見つめられているのに気がついた。振り向くと、真新しいランドセルに黄色い帽子という絵に描いたような小学一年生の女の子が立っていた。とてもかわいいが、どちらかというと愛嬌《あいきょう》のある顔立ちと言った方がいいかもしれない。

「おねいちゃん」

舌っ足らずな口調で、こっちが振り向いたのをいいことに話しかけてくる。笑顔が無防備だった。

が、

「タバコはダメだよ」

お、直球。さすが子供。

「どうして？」

「危ないから」

ふーん、身体に悪いとか未成年はいけないとか、そういうんじゃないのか。

「うちのお父さんは吸わないよ」

「へー、そう」

「てゆうか、吸えないとあたしは思うの」

「ふーん」

「吸うと、燃えると思うのね」

……。すうともえる。萌え？

「お母さんは身体に悪いからダメってゆうけど」

「ふーん」

「お姉ちゃんはタバコの臭いが嫌いってゆうの」

おねいちゃんとお姉ちゃんでは、微妙に滑舌《かつぜつ》が違う感じだ。

「おねいちゃんは、きれいだから、吸わない方がいいと思う」

突然そんなことを言われて、あたしは驚く。そりゃ「きれい」と言われて悪い気はしないけど、それで「吸うな」と言う小学生がいるとは思わなかった。

「吸ってもきれいな人はいると思うけど」

「そういう人は、歯の裏が黄色いって言ってたよ」

うわあ。

「……あんた、豆しばみたいな子だね」

「マメシバって何？」

「枝豆のさやの中とかにいて、かわいい顔してげんなりする豆知識を教えてくれるキャラクターよ」

そう言っても、女の子はわからないようだった。あたしはため息をついて、タバコを携帯灰皿で消した。

「あたしはね、タバコを好きで吸ってるわけじゃないの。ニコチンの依存症なんだよ。病気なの」

公園で制服着て吸ってるけど、開き直っているわけじゃない。ここは人が来ないから吸ってるだけなのだ。家で吸ったらバレるし、学校じゃ我慢している。だけど、帰り道のここで一服しないと、どうにもイライラしてたまらないのだ。

別に不良というわけでもないし、家が荒んでいるわけでもない。あたしはただの、まったく普通の女子高生なのだ。タバコは中学の頃、友だちにそそのかされて好奇心からちょっと手を出しただけ。受験で鬱々《うつうつ》としていた時だったから、ハマってしまったのだ。気がつくとやめられなくなっていた。

ネットで調べたら、もうすでに依存症の域に達しているらしい。本当は病院に行った方がいいのかもしれない。禁煙外来って奴？　学校にバレて騒ぎになる前に。親に言える勇気はない。自慢じゃないけどあたしはヘタレなのだ。

そこら辺、不良であればよかった、と思うのだが。

「ニコ？　いそんしょ？」

言われたことを何度か適当に復唱していた女の子は、突然パッと笑顔になる。

「ニコニコいそんしょ!?　それってどっかの場所？」

否定する気もなかった。こんないたいけな子に「ニコチン依存症」なんて正確な言葉を憶えてほしくない。

「そこ、楽しい？」

「楽しくはないなあ」

「えー、ニコニコってついてるのに」

とても不満そうに頬をふくらませている。その顔がすごくおかしかった。

「ここ、危ないから、早く帰りなよ」

ひとけがないところは、つまりヤバいところなのだ。あたしだって危ないのだが、この子ほど弱くはない。自衛手段なんか何もないけれども。

「おねいちゃんも帰ろう」

「はいはい、帰りますよ」

とりあえず落ち着いたので、帰れる。

「おねいちゃん、家どっち？」

「あっち」

「おんなじだー。あたしもあっち」

勝手に手をつないで、女の子は歌を歌い出す。調子っぱずれな歌をしばらく楽しげに歌っていたけれども、突然駆けだした。

「お父さん！」

道端のベンチに駆け寄る。ボロいベンチの上には、小さなぶたのぬいぐるみ。大きさはバレーボールくらいで、くすんだピンク色をしている。黒ビーズの点目に、突き出た鼻と大きな耳。右側がそっくり返っていた。

「ただいま、お父さん！」

女の子はぬいぐるみを抱き上げ、すりすりする。しっぽが結んであるのを発見。かわいい。

「おねいちゃん、またね！」

そしてこれまたあっさりと手を振り、ぬいぐるみの片手を持ち、ひきずりながら行ってしまった。

ちょっと痛い子なのかな、と思いながら、あたしは家に帰った。あんなぬいぐるみを「お父さん」だなんて。

次にその子に会ったのは、小学校の前だった。

「あっ、ニコニコのおねいちゃん！」

通りがかっただけなのに、目敏く見つけられた。フェンスの向こうから。体育の授業中じゃないのか。

「おねいちゃん、タバコやめられた⁉」

って、いきなり何言うの、この子は！　やめてー、ただでさえ今は午前中で、サボってるみたいじゃない！　試験中だから早いだけなのに！

「やめたよ、やめた！」

やめてない、と言うとタバコを連呼されそうなので、嘘を言っておいた。

「ほんとー？」

「ほんとだよ」

「お父さんがね、若いうちにタバコ吸ってると背が伸びなくなるってゆってたよ」

だからやめてー！　周囲を見回すが、とりあえず大人はいない。

「先生に怒られるよ！」

そうは言っても、先生が近くにいてもらっては困るのだが。

「わかった！　じゃあ、またね、おねいちゃん！」

ばいばいと手を振って、女の子は校庭の方へ戻っていく。ああ、何だろうか、あの子は。

小さい子と接したことがあまりないから、普通なのか変わっているのかわからない。

秘密の場所で一服でもして帰らないと、やってられないよー。

で、その秘密の場所の一つを、またあの女の子に見つけられた。

この子はもしかして、あたしのストーカーなのか？

今度は、河原の橋桁の下だ。ここに住んでいるホームレスの人は、昼間はいない。夜にならないと帰ってこないので、その手作り小屋の陰で吸っているのだが、そこにあの女の子がやってきた。

「おねいちゃん！　またタバコ吸ってる！」

女の子は、石をいくつも持っていた。

「やめたって言ったのに」

「また始めたんだよ。そうそうやめられるもんじゃないの」

「お父さんもそうゆってた。それがニコニコいそんしょなんでしょう？」

「まあね」

「だから、怒っちゃいけないって言ってた」

何だか上から目線だが、まあ、いいか。

女の子は、手に石を抱えたまま、しゃがみこんだ。ポロポロと石が落ちる。

「何してんの？」

「石、集めてるの」

「集めてる？」

コレクション？

「すごい石を見つけるの」

「すごい石ってどんなの？」

「川の向こう側に行く石」

さっぱりわからん。

「お姉ちゃんが石を投げると、川の上を飛ぶけど、あたしが投げても沈むだけなの」

「あー、水切りかー」

小さい頃、よくやった。

「あたしは、ぴょんぴょん飛んで、向こう側に行く石を探してる。お姉ちゃんもそこまではできないから」

その意気込みは大いにいいと思うけど、

「その石じゃダメだよ」

「ええっ⁉」

あまりの驚きように、「おお」と感嘆してしまう。マンガみたいなびっくり。目がまん丸だ。

「何で⁉」

「だって――ただの丸い石じゃん」

「丸い石じゃダメなの？」

「ダメダメ。平べったい奴じゃなきゃ」

こんなところに普通にあるようなただの石では、水切りなんてできるわけない。

川べりを探して、かろうじて水切りできそうな石を見つけた。

「ちょっと見て。こういう石だよ」

平べったくて軽くて、自分の手になじむもの。小さくても大きくても、ダメだ。握りやすさ重視。

「やってみるからね」

ずいぶんと久しぶりだけど。

身体をなるべく低くし、川に向かって石を水平に投げる。石は二回だけ水を切って、落ちた。

「ありゃー、たったの二回か」

腕が落ちた。小学生の頃は四、五回はできたはずなのに。

「すごーい。あたし、一回もできないんだよ」

感心したように女の子は言う。

「教えてー」

「教えてって、お姉ちゃんができるのなら、お姉ちゃんに教えてもらえばいいんじゃない？」

「そうだけどー……」

遠くから誰かを呼んでいるような声が聞こえた。

「あっ、お父さんが迎えに来た！」

女の子は、落とした石を律儀《りちぎ》に拾い集めた。全部は無理だったけど。

「じゃあ、またね、おねいちゃん！」

女の子が駆けだした先には、またあのぶたのぬいぐるみがいた。土手にちょこんと座っているように見えた。女の子は、それをひきずりながら帰っていく。いつかとまったく同じだ。

やっぱりちょっと変わった子だな、とあたしは思った。

秘密の場所でタバコを吸うたびに、あの子に見つかるのではないか、と思うと、何だか落ち着かない。

実際にあれ以降も何度か見つかってしまっているのだ。どうしてこんな辺鄙なところに来るのか、この子は。

仕方なく本数を減らす覚悟をする。とにかくイライラするが、仕方がない。

いらだちと口寂しさを解消するため、ヤケ食いに走る今日この頃。スーパーのフードコートで買ったポップコーンを貪り食っていると、またまたあの子と会ってしまう。

「おねいちゃん！　ポップコーンおいしそう！」

それは遠回しに欲しいと言っているのかな？

「食べれば？」

差し出すと、「ありがとう！」と言って、口いっぱいに詰め込む。ほんと今時珍しく、素朴な子だ。

「おねいちゃん、最近公園とか河原で会わないね」

「行ってるの？　やめなさい、ただでさえ物騒《ぶっそう》なんだから」

そう言っても、まったくわかっていないような顔をしている。

「タバコやめたから、行かないんだよ」

あたりを気にして、小声でささやく。

「そーなんだー。タバコやめたら、おねいちゃん、ますますきれいになるねー。お父さんがゆってた。お肌に悪いんだってー！」

だから、お願いだからそんなでっかい声で言わないでくれー。

「お父さんがゆってた。タバコはどうやって買ってるのかなーって」

この子の口癖は「お父さんがゆってた」だな。

タバコは、父親が買い置きしてあるのをパクっているだけだ。頓着しない人だし、持っていっているのは兄（成人）だと思っているらしい。銘柄違うのに。

しかし、それを懇切丁寧に教えるのもどうかと思うので、

「もう吸ってないから、いいじゃん」

とごまかす。吸っていないわけではなく、だいぶ少なくなった、というだけなんだけども。

「うん、それもそうだね」

深く考えてはいないのか、それで納得したらしい。それよりもポップコーンに夢中だ。口にいっぱい頬張って食べる様は、まるでリスかハムスター。ここのは安いけど、いつもできたてでおいしい。しかも、量もたっぷりだ。

「お茶、飲む?」

ケホケホと咳き込んでまで食べなくてもいいのに。

「うん」

グビグビとペットボトルの半分くらいを飲み干す。何というか——豪快な子だ。

「はー、どうもありがとう。あっ、もう行かなきゃ。じゃあね、おねいちゃん!」

女の子はぱっと立ち上がると、人波の中に飲まれていった。

雑多の人が行き交う中、足元の方に前も見たピンク色のものがあったように思ったが、すぐに見えなくなった。

2

それから、しばらく女の子と会うことはなかった。

ちょっぴり淋しいと考える自分に気がついて、思わず赤面をする。そんなふうに思うとタバコを吸いたくなったりするから、危ない危ない。

節煙は禁煙にまでなっていた。偉い。偉いぞ、あたし！　病院に行かないとダメかも、と思っていたのに。意志があれば何とかなるものなんだなー。

半分はあの子のおかげと言えなくもない。とにかくあの子の前では吸いづらいし、吸っている時に限って現れるし。ストーカーだったのかどうかはわからないが、だからといってあんなひとけのないところをうろつかせたくはない。

あたし自身も秘密の場所が怖くなかったわけではないので、結果的にはよかったな、と思って帰ろうとしたら、校門の前が何だか騒がしい。

「かわいいー」とか「何あれー」とか歓声が聞こえるので、犬か猫でもいるのかな、と近寄っていくと、見たことのあるものが生徒たちに囲まれて立っていた。

ピンクのぶたのぬいぐるみ。あの女の子がよくひきずって歩いていた。名前がきっと「お父さん」なんだと思っていたが。

女の子にひきずられないと移動できないはずのそのぬいぐるみが、きゅっとこっちを向いた。黒ビーズの点目の間に、しわが寄っている。

ぬいぐるみは、あろうことかあたしに向かって、とことこ歩いてきた！　しかも、少し小走りだ。

「きゃー！」

「しっぽ、かわいいー！」

アイドルのコンサートのような黄色い声が飛び交う中、そのぬいぐるみはあたしの前に立ち止まった。

「娘は来ていますか⁉」

「えっ？」

おじさんの声がした。それと同時にぬいぐるみの鼻がもくもく動く。

「娘がいなくなったんです。あなた、知りませんか？」

娘……いなくなった……娘――ってあの子のこと⁉

「ほんとにお父さん⁉」

あたしの声は、ほとんど悲鳴のようだったと思う。

「そうです。父親です。山崎ぶたぶたといいます」

「えっ、あの、いなくなったって……」

「学校からまだ帰ってきてないんです。あの子、よくあなたを探して、道草を食ってて
……それでここに来たんですけど」

よ、よくわかったね――って制服か。かわいくて有名だからな。

「いっ、いえ、いませんよ。ここにも来てないし、しばらく会ってないです」

ぬいぐるみ――ぶたぶたは、目に見えて落胆をしたようだった。

「そうですか……」

そのとぼとぼとした後ろ姿が、あまりにもかわいそうで、つい声をかけてしまった。

「いなくなったって、いつからですか？」

「学校からまだ帰ってないんです。道草食ってても、いつもならもう帰ってるはずなのに
……」

「心当たりあります？」

「探したつもりですけど……」

「ついてきてください」

あの子のことだ。きっと秘密の場所にいるに違いない。


「最初に会ったのは、この公園でだったんです」

うっそうとした木が生い茂り、植え込みも高く、日もあまり当たらない。遊具もみんなボロボロ。児童公園とは名ばかりで、子供がいたところなんて見たことない。

「……何でこんなとこにいたんですか……」

すごくいやそうな顔と声で、ぶたぶたは言う。

「だって、見つからないところでと思って、吸ってたから……」

「タバコを」

「はあ」

完全に怒られている。

「タバコもダメだけど、こんな暗いところに一人でいちゃ危ないですよ」

「……自覚してました」

「タバコはやめたの？」

「はい、やめました」

このまま吸わなければ成功なのだが。

「あの子、あなたが一度やめたけど、また始めたから、またこういうとこに来るんじゃないかと思って、行ってたらしいんですよね」

それを聞くと罪悪感にさいなまれる――が、ほんとにストーカーじゃないか、それ……。

「危ないから来るなって言ったんですけど……」

「それでも行っちゃうのが、あの子らしいんだけど」

次の秘密の場所は、高台にある神社の境内。大きな御輿《みこし》や山車《だし》がしまってある蔵のような倉庫の裏だ。

「こんなとこで何かあったら、悲鳴も聞こえないじゃないか……！」

ここは暗いのはもちろん、塀のすぐ脇を電車が通っているのだ。しかも複数。新幹線まであるから、昼間でも音はわかりづらいかもしれない。

ぶたぶたの顔が青くなったように見えた。見えるだけで、全然変わっていないと思うのだが。

「蚊ぐらいにしか刺されませんけどね」

あたしがそう言うと、きっとにらまれた。こ、怖い……。

「すみません……」

「まったくもう……女の子なのに。何でこう自覚がないのかな」

ぷりぷりしてきたのか、しゃべりの口調がですます調でなくなっていた。

それから次々と連れていくたび、ぶたぶたの顔色が悪くなっていった——ような気がした。例の河原に、高架下の自転車置き場の奥、路地の奥の空き家の庭、遊歩道の植え込みの陰、公休日の公民館の搬入口、葬儀のない日のセレモニーホールの裏手——ほとんど使われていない公園は団地の中にいくつもあったので、それらは朝な夕なに利用していた。

「タバコどうこうじゃなく、もうこんなところに来ちゃダメ！」

地団駄を踏むように、ぶたぶたは怒り狂っていた。

「すみません……」

「しかも、全然いないし……」

すでにとっぷり日は暮れていた。歩き回って、足が痛いくらいなのに、全然手がかりは見つからなかった。

「警察に届けないといけないのかも……」

「ごめんなさい……あたしのせいです……」

改めて巡ってみると、本当にヤバい場所ばかりだった。タバコを吸いたい一心で、どうしてあんなところにいられたんだろう。

「いや、それはね……せいとまでは言えないよ。勝手に探したのはあの子だし」

その時、電話がかかってきた。ぶたぶたのケータイだった。でも、いい知らせではなかったみたい。

「そうか……うん……こっちもダメ。うん……うん」

ぶたぶたは電話を切って、ため息をついた。

「お姉ちゃんからでした。どこからも連絡ないって……」

「お姉ちゃんって、いくつなんですか？」

話にはよく出てきたが、いったいいくつくらい離れているのか全然わからなかった。

「今年、中学にあがりました」

聞いたのはいいが、こんなに動揺するとは思わなかった。ぬいぐるみなのに、子供が二人もいるなんて！

「お、お母さんは……」

「あっ、電話してみよう！」

ぶたぶたは、両手をぽむと叩いて、ケータイをまた取りだした。

しかし、沈んだ声での電話は、やはり収穫なしの知らせしかなかった。

「まさか……誘拐とか……」

あたしは、自分の血の気が引くのを感じた。そんな――どうしよう！　こんなことになるなんて！

ごめんなさい、神様。もう二度とタバコは吸いません。ついでにお酒も成人するまで飲みません。交通違反も軽犯罪も、もちろん重犯罪も犯しませんから、どうか、どうかあの子を返して――！

あたしは、何に祈ったらいいのかよくわからないので、とりあえず空の満月に向かって手を合わせた。

ぶたぶたの携帯電話がまた鳴る。何かあったのか、と顔を上げると、

「ええっ、どういうこと!?」

ぶたぶたが素っ頓狂な声で電話に怒鳴っていた。

「何なの？　どこから？　――公衆電話!?」

まさかほんとに誘拐かっ、と思ったが、

「なんか……家に、本人から電話があったみたいです」

電話を切ったあと、呆然といった様子でぶたぶたが言う。

「……何て？」

「『今夜は徹夜をするから、帰らない』って……」

「はあっ!?」

あたしは街中でぶたぶたにも負けない大声をあげた。

3

ぶたぶたに「帰れ」と言われたが、しばらくあたしはねばった。いったん家に帰ってから、山崎家へ行こうと思ったのだが、

「それはそちらの親御さんが心配するでしょう？」

と諭《さと》されて、渋々帰宅した。しかし、遅くなったことを特に親が怒るわけでもなく……

基本的に放任なのだ。兄が高校生の時もこんな感じだった。早く高校生になりたい、と思ったものだ。

帰っても落ち着かなかった。ぶたぶたのところに、また連絡はあったんだろうか。本当に本人からだったのか。その、「徹夜」というのは本気なのか。だいたい、何のために徹夜？

あたしはいてもたってもいられず、また探しに出た。こんなのがぶたぶたにバレたら、また怒られるだろうけど、じっとしていられなかったのだ。

あ、ちゃんと家には言って出てきたけどね。兄にだけど。

秘密の場所ばかりにいるとは限らない、と思って、にぎやかなところにも行ってみた。徹夜と言えば、遊びでしかないだろう。仕事で徹夜とか生意気すぎる。

繁華街へ行ってあたしが補導されたらシャレにならないなあ、と警戒をしながら聞いて回る。あ、そういえば、警察はどうしたんだろう。届けを出したのかな。

カラオケボックスの中をのぞいたり、ゲームセンターをうろついてみたが、それらしき女の子は見つからなかった。遅くまで開いている本屋さんとか、スーパーにも行った。あのフードコートにも行ったが、いない。

すれ違ったりはしていないいんだろうか。一度探したところをもう一度見ておいた方がいいんじゃないかな。

ぶたぶたに「行くな」と言われていたので怖かったが、行けるところには行ってみた。もう時間的に入れないところはあきらめたけど、他はやっぱりいない。……と思う。

何にせよ、見逃したのではないか、と思えてならなかった。暗くて近寄れないところにいるなんて、絶対に考えたくないけど。

「はあ～……」

駅前のベンチに座って、ため息をつく。まさかこんなことになるとは思わなかった。軽ーい気持ちで吸ったタバコが、こんな波紋を呼ぶとは。

ひとしきり後悔してから、あたしは立ち上がった。最後に残しておいたところに行く。本当は気が進まないけど——つまり怖いけど、行ってみよう。

残しておいたというか、後回しにしていたのは、例の河原だ。あそこは、昼間はひとけがないけれども、夜はホームレスのおじさんたちが帰ってくるから、けっこうにぎわっている。

その中に入っていこうとは、今まで一度も思ったことはない。遠くからながめているだけの世界。——うん。別世界みたいに思っていた。

でも、もしかしたらあの子のこと知ってるかもしれないし。今まで昼間いたことはないけど、あの子が来た時には誰かいたかもしれないし。

ああ、いやだ。変な想像をするのはやめよう。

とにかく、あたしは土手の階段をおそるおそる下っていった。河原は思ったよりもずっと明るい。大きな街灯が立っているし、何より月が煌々としているのだ。なんかでっかく見えるし。

河原では人が車座になって、何やら談笑していた。最近暖かい夜が続いているので、火を焚いたりはしていない。そういうことすると、警察呼ばれちゃうのかな。そこら辺の事情は何もわからないのだが……。

「あのう……」

声をかけると、一斉に人が振り向く。うおっ、なんか目ばっかり目立つ気が——しかも、男の人ばかりだと思っていたら、女の人もいる⁉

「あっ、あの女の子を探してるんです！　一年生なんですけど、小柄で、幼稚園くらいに見えるかもしれません。すごく人なつこくて――」

「ああ、もしかしてあの女の子の家族？」

女の人が声をあげた。

「ええっ、知ってるんですか⁉」

「水切りしたがってた子？」

別の人が言った。水切り？　そうだ、したがってた。対岸に届くくらいの水切りができるようになりたいって――。

「そうです、多分その子！」

「あっちにいるよ。ゲンさんが相手してる」

「ゲンさん？」

「そこの家の持ち主」

指さす方向には、いつもそれの陰でタバコを吸っていたダンボールとブルーシートの家があった。

橋桁を越えた河原で、ゲンさんらしき男性と彼女を見つけた。

ゲンさんは髪もヒゲもぼうぼうで、身体が大きいので、熊のようだった。ちょっと怖い、と思ったが、彼女はそんなことまったく気にしていないみたいだった。

「石を投げる時、もっと手首を使わなきゃダメだ」

そんなことを言うゲンさんの顔を、真剣に見上げている。

「手首？」

けど、返事はボケボケだった。

「スナップを利かすんだ」

「スナップ？」

さっぱりわかっていない顔をしている。

「こうやるんだよ」

ゲンさんが足元で山になっている石から一つ取り上げ、川に向かって投げた。石は生き物のように軽やかに、静かな川面を飛び跳ねていく。

「一、二、三、四、五、六、七、八――わーっ、八回！　すごいすごい！」

大興奮で飛び回る。

「ああ、また向こう側まで行かなかった」

ゲンさんはくやしそうだ。

「ブランクありすぎだよ」

「せんせえ、見てて！」

彼女は意気込んで石を投げるが。

どぼん！

鈍い音とともにまっすぐ水面に落ちてしまう。

「あれー？」

「お前、ほんとセンスないなあ」

センス――水切りにもやっぱりそういうものは必要なんだろうか。

「こう、こうだよ。フォームはこう。真似してみろ」

「はい！」

お返事は素晴らしいが、あれではテニスの素振りのようだ。ゲンさんは、えーと、何だっけ？　サイドスロー？　野球の横手投げ？　ああいう感じのフォームだ。もっと身体を低くしてるけど。

ゲンさんは実践をあきらめて、フォーム改善に努めることにしたらしい。何度も真似させて、身体に叩き込む。

次は石を持たせて、手首の角度や離すタイミングを教える。

「石は消耗品だし、ここら辺にはこういう石がごろごろあるわけじゃないんだから。イメージで憶えること！」

「はい！」

頃合いを見計らって石を投げさせるが、一向に上達しない。

うーむ。

にしても……こんなに水切りがうまくなりたかったんだ。そんなにお姉ちゃんがうらやましかったのか、それとも負けず嫌いなのか。ふらふらになりながらも、まだあきらめなかった。

「もう寝た方がいいよ」

ゲンさんの優しい言葉にも、

「ダメ！　もっと練習するの！」

そんなやりとりを何度かくり返し、もう石も残り少なくなってきた時、

「やったー！」

ようやく！　初めての水切りに成功した！

——たった一回だけど。

「ゲンさあん！　できた！」

「おおっ、よくやったな」

ゲンさんはがっくりしていた。

「やっだー、やっだよー！」

なんか変な声出してるな、と思ったら、彼女は泣いていた。そして、そのまま泣きながら地面に突っ伏してしまった。

あわてて飛び出ると、何と草むらの向こうからぶたぶたも飛びだしてきた。

「ええっ⁉」

驚いたのはゲンさんだ。あたしとぶたぶたを見比べて、変な体勢のまま固まってしまっている。

そのすきに、ぶたぶたが駆け寄った。

「どうした⁉」

ぽすっ、と音がするかと思うくらいの勢いで、彼女に覆いかぶさる。

ゲンさんは、その奇妙な親子から目が離せないようだったが、しばらくしてあたしの方に視線をくれた。

『助けてくれ』

とその目は訴えていた。

彼女は眠ってしまっただけだった。そりゃあんなに練習をすればね。

「けど、うちにいた時にも、寝てたんだけどね」

とゲンさんは言う。

結局、昼間ぶたぶたと二人で探しに行った時、彼女はゲンさんの家にいたのだ。あそこでいつも水切りの練習をしていたらしいのだが（別のホームレスの人の証言）、疲れたのか勝手に入り込んで眠ってしまった、というわけ。

一応、人の家なので、あたしたちもそこまでは改めなかったのだ。というか、そんなことしているとは思ってもみなかった。

帰ってきたゲンさんが起こして帰らせようとしたのだが、水切りの練習をしていると聞き、ちょっとやって見せた。そしたら、

「教えて！」

と土下座せんばかりの勢いで言われて、困ってしまった、ということなのだそうだ。今まで見た人の中で、ダントツにうまかった、というのも気に入ったことの一つだったらしい。

「子供の頃なら、ほんとに対岸へ飛ばすこともできたけど、今は練習しないとそこまではできないだろうな。こんなに広い川じゃなかったかもしれないし」

ゲンさんは、近くで見ると思ったよりも若い人だった。多分、二十代だろう。住んでいるあの家は、預かりものなのだそうだ。

「留守番をしてるんだけど、帰ってこないんだよね」

何か切ない理由がありそう……。

ぶたぶたは、何だか老け込んだ——というか、古くなったような表情をしていた。

「寿命が縮んだ気がした……」

寿命と聞いて、はっと顔を上げると、ゲンさんと目が合った。同じことを考えているらしい。

寿命——あるの？

彼女をおんぶして帰ったのは、あたしだった。さすがにぶたぶたもそれはできない。家に帰って、布団に寝かせてから、ぶたぶたの奥さんが車で送ってくれた。奥さんはきれいな人だった。びっくり。

夜中に家へ帰っても、兄から「おかえり」と言われただけで、親はもう寝ていた。

あの子は今は夢の中だが、明日の朝起きると、両親からきつい大目玉を食らうんだろうな、とちょっと気の毒になった。

4

それから、またしばらくあの子とは会わなかったが、今度はぶたぶたではなく、本人があたしの学校の前に立っていた。

「一緒に水切りの練習に行って〜！」

予想どおり、翌朝ものすごい雷を落とされ、しばらく外出や道草を禁止されていたらしいが、ようやく少しだけゆるんだらしい。誰か大人と一緒で、ちゃんと連絡するならいい、ということになったのだ。

ていうか、今までだってそういう約束だったらしいのだが、全然守ってなかったらしい。それって——あたしのタバコを正当化するわけではないけれども、どっちの方がタチ悪いだろうか。

さすがに身を持って知った言いつけなので、ちゃんと守ろうと思ったらしい。けど、あたしのところへ来るって!?　あたしも未成年なんだけど。

「おねいちゃんなら、お父さんも許してくれると思うの」

まあ、そうかもしれないけど、一応ぶたぶたにメールを入れてみた。

『早めに帰るようにしてください』

ダメとは言わないが、早じまいは必至らしい。

河原に行ったら、いつもはいないゲンさんがいた。

「ぶたぶたさんにメールをもらったから」

大人といえば、この人の方がずっとそうなのであった。それに、水切りをするなら彼がいないと。

でも相変わらず彼女は、センスのないフォームで、どぼんどぼんとくり返す。たまにできても、やっぱり一回止まり。

それでもまったくあきらめない。

「すごいなあ、あの子は」

ゲンさんも感心している。

今、彼女は自主練中。おやつに誘っても、見向きもしない。

「やっぱり、育ててる人が違うからなのかなあ」

最初はビビっていたゲンさんだったが、今ではぶたぶたと仲良くつきあっていた。あたしも他のホームレスの人たちと話すようになった。制服で出入りしていると何か言われるかな、と思ったが、今のところどこからも何も言われていない。

「でも、お姉ちゃんの方はほんとにしっかりした子なんだよ」

ぶたぶたの長女は、奥さん似のきりっとした女の子で、妹よりというより、あたしよりもずっと、ずーっとちゃんとしている。でも、別に堅苦しいわけでもなく、なんかこう——大人な女の子なのだ。

「……それじゃあの子がしっかりしてないみたいじゃないか」

「しっかりしてるとかしてないとかの概念にあてはまると思う？」

「……まあ、そうだな」

天然とか不思議ちゃんとかで片づけるのも乱暴な気がするのだ。あの子は多分、お父さんができないことをできるようにしていく姿をずっと見ていたんだと思う。あきらめないとか何度も挑戦することが当たり前ならば、気負いがなくて当然だ。

「できた！」

一回だけとはいえ、できたことは素晴らしい。

「これで本番に強い心臓が持てれば、最強じゃないかと思うよ」

ゲンさんが面白そうに笑った。

「お腹空いた！」

ようやく気がすんだのか、こっちに戻ってきて、おやつを食べ始めた。

「ポップコーン！」

行きがけにフードコートで買ってきたのだ。むしゃむしゃ食べていた彼女は、ふとあたしを見上げた。

「おねいちゃん、最近ポップコーンあんまり食べないね」

そういえば。普通につまむ程度で、買ってもほとんどこの子にあげてしまう。節煙の間は、これにかなり頼っていたのに。

「禁煙に成功したからじゃないの？」

ゲンさんの言葉に、あたしは驚く。

「知ってたの!?」

「君はここに昼間誰もいないと思ってたのかもしれないけど、俺が寝てる時もあったんだよ。だから、前から知ってた」

うわー、なんか恥ずかしい。

「すみません……」

「吸い殻はちゃんと始末してたから、別にいいんだよ」

もう吸いたいという欲求もなかった。

「女子高生なのに、タバコやめられたとか、ちょっと情けない……」

「いいんじゃない？　結局は意志がものを言うらしいしね」

ゲンさんは訳知り顔で言う。

「俺ももう、やめないといけないのかも」

そのあと、彼がぼそっとつぶやいた言葉を聞き直そうかと思ったが、やめておいた。

今日の迎えは、ぶたぶただった。

「ゲンさん、どうもありがとう」

「いえいえ。気をつけて」

みんなで手を振って、河原をあとにする。

相変わらず調子っぱずれな歌を一緒に歌わされながら歩いていたのだが、彼女は途中で電池切れになってしまった。

あたしは、例によって彼女をおんぶする羽目になる。

「小学生とは思えないペース配分だよね」

いっそ原始的とも言えるくらいの集中力の持ち主なのだが、全精力を傾けるので、こうしてパッタリ力尽きるのだ。

「そういえば、二人の時にこの子が倒れたら、どうするの？」

ぶたぶたに訊いてみる。

「いや、二人の時は絶対にこうならないよ」

「そうなの!?」

背中の重く熱い身体を背負い直す。

「二人でいる時は、自分でちゃんと起きてないといけないって意識が働くみたい。多分、無意識なんだろうけど」

最初に会った時の光景を思い出した。ベンチに座っていたぶたぶたに抱きついて、ひきずるように帰っていったが——あれはこの子なりに父の手を引いているつもりだったのかもしれない。

「自分より小さい父親なんて、昔から苦労かけてると思うよ。この子にも、お姉ちゃんにも」

「そうかなあ」

さっきゲンさんと話した会話も思い出す。ぶたぶたがいなければ、この子もお姉ちゃんも、ああいう子にはならなかったと思うのだ。聡明で凛《りん》としたお姉ちゃん。この子は努力家で、不屈の精神と並はずれた集中力を持っている。

まあ、水切りの才能はなさそうだけど、これから本当に才能あるものに手を出した時が恐ろしい。

「苦労してるなんて思ってないみたいに見えるけど」

背中で寝こけているだらしのない顔を見ていると、幸せなだけって気がする。

あたしは、それをちょっとお裾分けしてもらうだけで、けっこう満足していた。

5

水切りの練習は、それからしばらく続いたが、ようやく二回、コンスタントに跳ねるようになった。

失敗の数の方が少なくなった翌日、ゲンさんは田舎に帰った。

「あとは練習あるのみだ」

とまるで熱血コーチのようにゲンさんに言われると、彼女は泣きべそをかき、

「はい！」

と相変わらずいいお返事をした。あの家には、新しい入居者（？）が入ったが、その人は水切りが得意ではなかった。

で、しょうがないので練習にはあたしがつきあうことになった。たまにぶたぶたや奥さんやお姉ちゃんもやってくる。

でも、たいていは二人だけだ。

「おねいちゃん」

「何？」

そんなある日、彼女は真面目な顔をして、こんなことを言った。

「おねいちゃんは、やっぱりすごくきれいになった」

もうあんまり驚かない。あたしはうぬぼれが強いわけではないが、この子は独特の美意識を持っていて、それにかなうものでなければ「きれい」とか「かっこいい」とか言わないのだ。

それが世間一般に通用するかどうかはわからない。でも、少なくとも汚くはない。髪もヒゲもぼうぼうだったゲンさんにまで「かっこいい」と言っていたけれども、田舎へ帰る前日、身仕舞いを整えたら、驚くほど端正な人に変身してしまったので、見抜く力はあるのかも、と思うのだ。

ていうか——ほぼ毎日、河原までてくてく歩いたり、石を探して歩いたり、水切りの練習をして過ごしたり、たまに日々重くなるあの子をおんぶして帰ったり——そしたら夜は早く眠くなるし、朝練とかもするし。きれいというより、健康的にはいやでもなるだろう？

それに、あたしは水切りがけっこう好きになっていた。ものを投げるのって、爽快だ。学校や家でいやなことがあると、それを石に見立てて捨ててやる。気がすむまで、いくつもいくつも。

それに、あの子は一向に上達しないけれども、あたしは上手になったのだ。今ではもう少しで向こう岸に届くまでになった。連続飛びの記録は、十三回だ。

現役女子高生がこんな生活でいいのかな、と思うが、部活に入っていると思えば、まあ普通か。学校の友だちには、ちょっと謎な子だと思われているみたいだけど。


「いつもごめんね」

そして、今日もあたしは、電池切れのこの子をおんぶして、河原から帰る。

最近は本当に慣れた。地味な運動でも、毎日こなしていると、ちゃんと筋肉ってつくんだな、と思う。

ぶたぶたはそんなあたしを、申し訳なさそうに見上げるのだ。

「いえいえ」

あたしは、その顔が好きだった。あの子に絡むと、必然的にその顔がよく見られることになる。

本当だったら、少しでもそれを減らしてあげないといけないのかもしれないが、それは余計なおせっかいなような気もする。この子はこの子のままでいなければ、ぶたぶただっていやだろう。

けどつまりそれって、あたしもぶたぶたとおんなじ、困ったような顔になるってことなんだけどね。

桜色七日

1

病院を出た時、突然思い立った。

あの公園へ行こう。今はまだ午前中だし、夕方には戻れるはず。

小池信江《こいけのぶえ》は決心するやいなや、病院の前でタクシーを拾い、駅へ向かった。


確か、最後に行ったのは結婚前だっただろうか。いつかまた行こう、と夫と約束したけれども、果たせないまま夫は亡くなり、ずいぶん歳を取ってしまった。今はちょうどソメイヨシノが満開の頃だ。さぞ見事に咲き乱れていることだろう。

電車に乗るのも久しぶりだ。一度乗り換えて、二駅。電車の窓からこんもりとした森のような公園が見えてきた。

降りる駅の名前がちょっと怪しかったが、降りてみれば正しかったことがわかる。しかし、小さな駅の中はホームからもう、大混雑だった。ここ、こんなに小さかったたっけ? 子供の頃に来たわけでもないのに。けれどなぜか、印象自体は変わっていなかった。古かった、というか、いまだに古ぼけていた。

公園に入る坂道には露店が並び、飲み物やつまみ系の食べ物が売られていた。レジャーシートでも持ってくれれば、ここで他のものは調達できるという寸法だ。ベンチが確保できれば、手ぶらでも大丈夫だが、あいにくこの混みようではシートを敷くことすら無理かも、と思う。

信江の懸念《けねん》のとおり、公園の中は凄まじい状態だった。平日なのに。桜は満開で、そろそろ散り始めの頃、一番の見頃であるからだろうか。午後から夜まで居座る気まんまんの人々を縫って歩くのは、まるで満員電車に乗っているようだった。地面も敷けそうなところにはシートやゴザがあり、ゴミ箱もいっぱいで、とてもゆっくり桜を見上げるなどという芸当はできそうにない。

前に来た時も、こんな感じだったのだろうか。記憶は遠く、細かいところまで思い出せない。

何だかくらくらしてきた。人混みに酔ったみたい。

「ねえねえ！」

ふいに聞こえた声に、足を止める。いや、でもこんなところに知り合いなんていないはずー―。

「そうそう、あんたあんた！」

それでも振り向くと、ビールの缶を掲げた自分と同年代くらいの白髪の女性がベンチに座っていた。ベンチには大きな荷物がどっかと置かれ、一人で三人分は占領している。

「座らない？」

「え？」

「視線が痛いのよ。助けると思って、座ってよ」

信江があたりに目をやると、ベンチはすでに人で埋まり、一人で座っているのはその女性のいるベンチしかなかった。

「誰かが来るみたいな荷物でしょう？　でも実は誰も来ないの。あたし一人なんだよ。だから、空けてないと悪いような気がするし、空けてて知らない人が座るのもいやだし」

いつでもそこに移動するぞ、という視線が周りから送られているのはよくわかった。でも、

「……あたしも知らない人ですけど」

「あんたはいいのよ。あたしが座ってよしって思った人なんだから」

公園の主のような口調に、思わず笑ってしまう。

「あんたもお花見したいんでしょう？　さっきからうろちょろしてるの見てたからさ。せっかくだから、座って見なさいよ。ビールもあるし」

女性は荷物をどかした。ベンチの真ん中には手すりがある。最近のベンチはこういうのが多いな、と思っていたのだが、なるほど、もしかして酔っぱらいとかがここで寝ないためなのかも、と思う。

疲れていたので、遠慮なく座らせてもらうと、ほっとため息が出た。やはり疲れていたのかもしれない。

「ありがとうございます」

無遠慮なまでに女性を観察したが、思ったよりもずっと普通だった。持っている荷物が異様に大きい、というのだけが気になったが、質問はしない。そしたら、自分のことも答えなくちゃだもの。

「はい、どうぞ。つまみは、乾き物しかないけど」

冷えたビールが手渡される。缶ビールどころか、アルコール自体久しぶりだった。嫌いではないのだが、強くも弱くもないし、何となく飲む習慣がなくて、ここ数年口にしていなかった。ましてや外で飲むなんて。

ちょっとうれしくなって、プルトップを開け、一口飲む。苦みと刺激が喉をすんなり通っていく。

「おいしい」

素直に言葉が出ていく。

「でしょ？　満開の桜の下で飲むビールは最高だよねー」

飲みやすさと喉の渇きに、いつにないペースで一本空けてしまった。当然のように彼女はもう一本差し出す。

次第に暮れていくにつれて、公園の中は提灯《ちょうちん》が灯されていく。信江は酔いも手伝って、女性と夢中になって話した。まるで長年の友だちに久しぶりに会ったようだった。幼なじみや学生の頃の友人に会いたい、と思っていたところだったから、つい話し込んでしまったのかもしれない。

「あんた、どこから来たの？」

そんなことを訊かれたのは、だいぶ暗くなってからだった。街の名前を言うと、彼女はびっくりしたような顔をする。

「遠いね！　じゃあ、そろそろ帰るの？」

「ううん。もう少しいたいと思ってる」

アルコールが回って立ち上がるのが億劫《おっくう》だった。夜桜というのも、あまり見たことがないし。本当は午後には帰る予定だったのだが、電車に乗れる時間と考えれば、まだまだ余裕だった。

「そうなの？　あたしはもう帰らなきゃ……」

どこに住んでいるのか訊いてみたかったが、やはり何も言えなかった。

女性は荷物をまとめて立ち上がる。

「じゃあね。もし会うようなことがあったら、また」

「こちらこそ。ビール、ごちそうさま」

公園は夜になって、ますますにぎわっていた。身体はビールのおかげでふわふわと温かい。そろそろ駅に向かわなくてはならないと思いながら、ざわつく周囲の音が心地よく、やはり立ち上がれなかった。

その時、ふいに強い風が吹く。つむじ風だろうか、シートがめくりあげられ、悲鳴があがるが、同時に感嘆の声も漏れる。

桜が一斉に揺れ、花びらが吹雪のように舞い上がったからだ。強い風が一気に花をゆるませ、解放させたようだった。こんな見事な桜吹雪は見たことがない、と信江は思う。夢の中の景色のようだった。

風は、嵐のように一時吹き荒れた。その乾いた風に耐えきれず、信江は思わず目を閉じる。その時、吹いた時と同じように風がやんだことに気づく。

目を開けると、もう桜吹雪は終わっているのだ。

それが残念で、信江は目を開けることができなかった。

2

「もしもし」

いきなりの声に、信江は覚醒した。どうやら、少し眠ってしまったらしい。

目を開けると、ひらひらと舞う桜の花びらの中に、それと同じ色をしたバレーボール大のぶたのぬいぐるみが立っていた。足元に。ちんまりと。

息が、一瞬止まった。

公園はさっきの喧騒《けんそう》が嘘のように静まっていた。提灯が消されている。おそらく宴会はその時間まで、と決められているのだろう。

身体はもう冷えていた。そのリアルな感覚にもかかわらず、信江はそれを夢だと思う。

「眠ってましたか？」

その問いは誰が？　と考えたが、どうも足元のぬいぐるみが発しているらしい、と思っていた。どうしてそんな発想になるのか、よくわからないまでも。

「いいえ」

恥ずかしくて、ごまかしてしまう。

「ああ——」

周囲に目を向けて、感嘆の声をあげた。さっきほどではないが、風で花びらが舞っている。

「きれい……」

「え？」

ぴくっと耳が動いたように見えた。

「きれいだと思いません？　花吹雪」

「そうですね」

鼻がもくもく動いて、そんな声が聞こえた。中年男性の声だ。

「座って、見ていったらいかがですか？」

すすめないのも悪いかな、と思った。さっきしてもらった親切のお返しだ。

「そうですね……。月もきれいですし」

ぬいぐるみは「よいしょ」と言いながら、ベンチに登り、信江の隣に腰掛けた。

「さっき、とってもきれいでした。すごい風が吹いて、花びらが本当に吹雪みたいだったんですよ」

「あー、それはすごかったでしょうね」

「お昼頃から座ってて、それが一番きれいでした」

「え、お昼頃から!?」

かなり驚いた声だ。

「ずっと座ってたんですか？」

「そうです。帰ろう帰ろうって思ってたんですけど……」

いいかげん、帰らなきゃ。信江は立ち上がろうとした。

「あ、あれ？」

立ち上がれない。どうして？　あ、夢だもんね。でも、

「どうして？」

ベンチにお尻がはりついたみたい。引き剝がして足を踏んばった。とたんによろける。

転ばないように、何かをつかもうと手を前に出した。


次に目を開けた時、視界に入ったのは見慣れぬ天井だった。

身体がひどく重い。喉が痛い。寒気もする。自分が横になっていることに気づく。

その時、目の前にぬっと現れたのは、黒い点が二つ。

「目が覚めましたか？」

どこからか男性の声が聞こえる。聞き憶えがあるような、ないような……。視界はぼんやりと歪《ゆが》んだ。目をちゃんと開けていられないのだ。

「……何？」

自分の声とは思えないほど、ガラガラだった。

「公園のベンチに座っている間に、熱を出したんですよ」

そう言われても、ピンと来なかった。そんなこと、自分がしたの？　というより、どうしてそんなことになってしまったんだろう。

体調は、自分が思ったよりもずっと悪いんだろうか。

そう考えた時、なぜか妙に納得した。

「今、何時ですか……？」

「もう夜中です。一時ですね」

一時！　連絡もせずにこんな遅くまで……ああ、でもまぶたが重い……すごく、すごく眠い……。

信江が目を閉じると、額に冷たいものが置かれるのを感じた。氷嚢《ひょうのう》だろうか。とても気持ちよかった。汗も拭いてくれているようだった。親切な男性だ。顔は見られなかったけど……。

それにしても、さっきの黒い点は何だったのだろう。

わたしは、何回夢を見れば気がすむんだろう。

それから、時折目を覚ますたびに、その黒い点は目の前に現れた。声だけ聞こえて、姿が見えない男性は、薬を飲ませてくれたり、おかゆを食べさせてくれたりした。見ず知らずのおばあさんに何と優しいことか。

この歳になるまで、ほとんど病気らしい病気にならなかったし、風邪なども寝込むほどひどくなることもなかったので、世話はしてもされるようなことはずっとないものだった。しかも、男性からとは。夫は優しかったし、仲もとてもよかったが、こういうことをしてくれた記憶はない。先に病気になって逝ってしまってからだいぶたつし。

申し訳ないと思いつつ、何だか心地よかった。触られているという感触がなく、世話をされているのに、自分の体力がだんだん戻ってきているのも実感できた。思ったよりも早く回復できそうだと思うと、何だか元気が湧いてきた。

家への連絡は、とりあえず考えずにいよう。世話されるのは苦手なのに、この人の世話にはなりたいと思えたから。

次の日の朝、目を開けると身体が軽くなっていた。何だか爽快ですらあった。こんな朝を迎えたのは、何年ぶりだろう。

起き上がると、そこは見憶えのない部屋だった。六畳一間に四畳半ほどの台所がついた古ぼけたアパートの一室。あまり家具もなく、がらんとしている。自分の他には誰もいないようだ。

ふと見ると、枕元にきちんとした字で書かれたメモが置いてあった。

部屋のものは自由に使ってかまいません。洗濯機は外の廊下に、食事は冷蔵庫にあります。出かけたりお帰りになるようなら、テーブルの上の鍵をポストに入れておいてください。私の帰りは夜になります。　山崎

枕元には、信江のバッグと上着、それからグレイのジャージの上下がたたまれていた。服のまま寝ていて、身体は汗まみれで気持ち悪い。自由に使っていいと書いてあるけれども、風呂も借りていいんだろうか。洗濯もしていいの？

時計を見ると、もう十時だった。あの親切な男性は、もう仕事にでも出かけたのだろうか。

とりあえず起き上がり、窓を開けてみた。外の緑は、昨日の公園だろう。さえぎるものが木しかないので、日射しがたっぷり入ってくる。電車が走る音が聞こえたが、ここからは見えない。

物干しもあるし——使わせてもらってもいいのかな。幸い着ているものは洗濯機で洗っても大丈夫なものばかりだが。

遠慮していても相手はいないし……風呂も掃除をすればいいだろうと思い、使わせてもらうことにした。

こぢんまりしたユニットバスで身体を洗い、下着を手洗いしてから、枕元のジャージをじかに着た。初めてだったが、着心地はなかなかだ。

外に出ないと洗濯ができない、と少し身構えたが、ここで自分を知っている人間などいないのだから、と言い聞かせ、洗濯機を借りた。とはいえ全自動洗濯機だったので、誰かと顔を合わすほど外には出なかった。

洗濯物を窓の外に干して、布団をたたんだり、ちょっと片づけをした。ここに住んでいる人は、とてもきちんとしている。お礼に掃除でも、と思ったが、そんな必要はなかったのだ。使った風呂だけは、簡単にだが洗っておいたが。

動いていても熱がぶり返す様子はない。空腹であることにも気がついた。冷蔵庫を開けてみると、いろいろなものが入っている。ここの住人は、自炊もしているようだ。鍋に入ったままの野菜スープと冷やご飯があった。これを食べてもいいんだろうか。このままごはんを入れて温めれば、簡単なおじやになる。

こんな図々しいことしたことない、と思いながら、信江は鍋をコンロにかけ、おじやを作った。玉子を落として食べると、身体がとても温まる。最近は小食になったと思っていたが、おじやはあっという間になくなってしまった。

お腹がいっぱいになったら、眠くなってきた。現金なものだと信江は一人で笑う。

時刻はもう午後だった。外から子供たちがはしゃぐ声が聞こえてきた。もう下校時刻らしい。

あの子はどうしているだろう。今頃、友だちと一緒に帰宅している頃か。それとも、まだ学校にいるだろうか。

元気も元気、元気過ぎるほど、と母親が愚痴をこぼすと聞いて、信江はうれしかった。偏食気味でガリガリだったけれども、最近背が伸びてきた、とも言っていたっけ。

家に連絡をしないといけない、と思いながらも、今話したいと思うのはあの子だけだった。でも、それはやめておかなければならない。そうなると、どこへも電話する気がなくなってしまった。

日が当たるように広げておいた布団の上に、ごろんと横になる。ああ、こんなだらしのないことをするのも久しぶり。あの子とよく縁側に干した布団で昼寝をしたっけ。夫もそうするのが好きだった。

信江はそのまま目を閉じた。


気がつくと、また目の前に黒い点が二つあった。

「大丈夫ですか?」

外は夕焼け色に染まり、部屋の中は少し薄暗くなっていた。そして聞こえてきたのはあの親切な男性の声。

だが、仰向《あおむ》けに寝っ転がっている自分を見下ろしているのは、どう見てもぶたのぬいぐるみだった。小さい足で踏んばって立っている桜色のぶた。大きな耳の右側がそっくり返っていた。

信江は固まったように動けない。

「熱はどうなんですか？」

ぽす、と濃いピンク色の布の貼られた手がおでこに当たった。

「あ、下がってますね」

ぬいぐるみの突き出た鼻がもくもく動いて、そんな言葉が聞こえてくる。ぬいぐるみが話しているようにしか見えないのだけれども——そんなことって、あるのか？　いや、あったような……前にも見たような。

「ごはんは食べましたか？」

信江は機械仕掛けのようにうなずく。

「あ、そりゃよかった。でも、こんなところでうたた寝していてはダメですよ。また風邪がぶり返してしまいます」

「風邪……？」

「憶えてませんか？　ひどい熱でしたから、朦朧《もうろう》としていたのかな？」

「あの……」

「はい？」

どう見ても話しているのはぬいぐるみで、他には誰もいなかった。自分とぬいぐるみだけ。あの親切な男性はどこ？　聞こえる声は彼のものだけど。

「わたし、公園にいたと思ったんですが」

「はい、そうでしたね」

「ここに……誰かが運んでくれたんですよね？」

「そうですね。熱を出してましたから」

「どなたかが看病もしてくれて」

「看病というほどじゃありませんが」

「その方は、今、どこにいらっしゃるんですか？」

その質問に、ぬいぐるみは一瞬黙ったが、

「僕です」

そんな返事が返ってきた。

「……運んだのは？」

「僕ですけど」

どうやって？

と訊きたかったけれど、声が出なかった。夢かもしれない。うたた寝の間の夢。

そうじゃなければ……。

信江は起き上がった。布団の上で正座をする。すると、畳の上でぬいぐるみも正座をする。

「あなたに運んでいただいたんですね。ありがとうございました」

そう言って、頭を下げると、ぬいぐるみは、

「いえいえ。お礼には及びません」

とあわてたように言った。

「スープもおいしかったです」

「肉っけがなくて申し訳ありませんでしたけど」

「いえ、今はその方が落ち着きます」

信江はしばらく考える。こんな状況でぬいぐるみと普通に会話する——というか、自分が会話をしている、というのはどう考えてもおかしかった。

「いろいろご迷惑かけてすみませんでした。帰ります」

そう言って立ち上がったが、ちょっと身体がふらついた。

「ああ、無理せずに。おうちには連絡しましたか？」

もう、無駄かもしれない。

「いえ……」

今更連絡したら、何と言われるだろう。それに、こんな夢みたいな状況……連絡しても

「ちょっと……」

「しづらいんですか？」

「ええ、まあ……」

正直に言えば、したくない、とも言えた。現実に戻りたくない、と思っていたのかもしれない。

だって、もしかしたら死んでいるのかもしれないし。

そんな結論を出してみた。いくら自分がやせているとはいえ、小さなぬいぐるみが持ち上げられるほど軽くはない。看病くらいはできそうだが、料理は無理だろう。しかもあんなにおいしいものなど、絶対無理だ。

わたしは死んで、魂だけになっているのだ。だから、こんなおかしい状況になっている。しゃべるぬいぐるみの存在はよくわからないが、自分が魂だけの存在になっているのなら、他にどんな理屈に合わないことがあっても仕方ない。

　とはいえ、気分は何だか楽だった。死んでいるのなら、もっと嘆いてもよさそうなのに、ちっともそんなふうには思えない。

　わたしって、そんなにストレス抱えていたのかなあ。自分のことではなく、今世話になっている長男とその家族に申し訳なく思う。ずっと一人暮らしをしていたから、何でも上げ膳据え膳の今に不満を抱いていただなんて——何と贅沢な。

　それには罪悪感はあるが、他は何も思い残すことはない。いや、あるにはあるが——それはいいのだ。

「風邪が完全に治るまでは、ゆっくりしていってもいいんじゃないですか？」

　一瞬、何を言われたのかわからなかったが、

「え、そんな……」

　てっきり追い出されるとばかり思ったのに。

「ここは僕の一人暮らしですし、好きなだけいてもいいですよ」

　やっぱりこの人——ぬいぐるみは親切だ。

「ほんとですか？」

「ええ、かまいません」

「でも、布団とか――」

「ああ、それは元々来客用ですから。僕はクッションとタオルでいつも寝ています」

それでどうしてこの生活感が出せるんだろうか。信江は部屋を見回して思った。ぬいぐるみの一人暮らしなのに、ちゃんと人間が暮らしている空気がある。さっきのぞいた冷蔵庫にも、食材がちゃんと入っていたし、お風呂だってせっけんがすり減っていた。

死ぬとこういうところに迷い込むものなんだろうか。

でも、居心地はとてもよかった。小さなぬいぐるみと二人でいると、孫娘と二人で暮らしていた頃を思い出す。

「じゃあ、夕飯はわたしが作ります」

「そんな！　病み上がりなのに、いいですよ！」

あわてた素振りがかわいらしかった。大きな耳がふるふると震える。

「そのかわり、年寄りの好みになってしまいますけど」

「それは別にかまいませんが……」

「じゃあ、作ります！」

信江は宣言するようにそう言うと立ち上がる。ついエプロンを探すが、ここにはなさそうだし、着ているのは洗いざらしのジャージだから、そのままでもいいか。

台所に立った信江の後ろに、ぬいぐるみがとことことやってくる。振り向くと、つぶらな点目で見上げられて、やっぱり孫娘を思い出した。

「そういえば、自己紹介をしてませんでしたね。僕は山崎ぶたぶたといいます」

何と似合いの名前だろう。そんなところが妙に理屈と合うなんて、やっぱりわたしは死んでいるに違いない。

「わたしは小池信江です」

「信江さん、でいいですか？」

「はい。じゃあ、ぶたぶたさん？」

「そう呼んでください」

3

その日から、信江とぶたぶたの奇妙な同居生活が始まった。

ぶたぶたは、信江が前夜に用意した朝食を食べ、朝早く仕事へ行く。自分は起きてからその残りを食べ、家事をする。小さい部屋で掃除や洗濯をすますと、もう何もやることがなかった。

合い鍵をもらったので、アパートの周辺を散歩する。死後の世界は、東京の下町にそっくりだった。いや、自分が魂になっただけだっけ？　けど、死後の世界とでも思わないと、ぶたぶたのことが説明できない。でも、別の世界なはずなのに、自分の財布のお金で買い物もできる。けど、物価は少し高かった。雑多な商店街、細い路地、猫が寝ている瓦屋根、何だか素朴な子供たち――別の世界というより、少し昔に戻ったような……昭和っぽい雰囲気のある街だった。

考えてもしょうがない、と道端の猫を撫でながら、信江は思う。ここはきっと、今までの常識が通じない場所なのだ。自分には空想癖はないし、あまり突飛な物語や映画なども苦手だが、それでも何となく普通にしていられるのは、そういうふうに作ってあるからなのだろう。来た人がよく知っている世界を模しているのだ。全然違うところでは、なじむのが大変だから。

夕飯と着替えなどの買い物をして、昼食がわりのたこ焼きを食べた。こういうものを買ってしまうとは。久しぶりだ。昔は孫と一緒によく食べた。お好み焼きとかたこ焼きが大好きな子だった。

食べて少し歩くと、駅に出た。これもまた現実にある駅と同じだ。やっぱり小さい。そして、まだ花見の客が群れていた。公園は、昨日と同じに混んでいるのか、それとも理想的に整然としているのだろうか——。

ぷあん、と音がして、電車がホームに入ってくるところが見えた。下りの電車が来たのだ。

これに乗っていけば、孫のところへ行けるだろうか。

「信江さん！」

後ろから声をかけられて、とても驚く。ここで自分の名前を知っている人なんて——振り向くと、やはりぶたぶたが立っていた。

「ああ、ぶたぶたさん」

「どうしたんですか？　お帰りに——なるわけじゃないですよね？」

信江は、自分の服ではなく、ぶたぶたが貸してくれたまた別のジャージを着ていたのだ。こんな格好で外出するなんて、今までだったら絶対にしなかったろう。でも、できそうに思えたからやってみた。自分の家の近所ではないので、人の目が気にならない。確かにだぶだぶで、みっともないとは思うが、楽だった。心も身体も。

「帰りません。これからアパートに帰って、ごはんを作りますよ。ぶたぶたさんは？」

「僕はそこのラーメン屋さんでバイトしてるんです」

駅にほど近いそこそこぎれいなラーメン屋を指さして、ぶたぶたは言う。

「ラーメン屋さんでバイト……！」

それはまたびっくりするようなことだ。「仕事に行く」ってどこで何をするんだろう、と思っていたのだが、まさかラーメン屋とは！　何をしているんだろう。皿洗い？　お運びさん？　ラーメンを作っていたりは……いくらなんでもしないだろう。

「じゃあ、今日のお昼はラーメンにすればよかった……」

「もう食べたんですか？」

「ええ、たこ焼きを」

空き容器の入ったビニール袋を持ち上げる。ぶたぶたの顔がにっこりしたのがわかる。

「ああ、そこおいしいんですよね」

「ほんとに？　確かにおいしかった」

そういう鼻は利く方なのだ。ちょっと得意になった。

「ぶたぶたさーん！」

どこかからか声がかかった。ラーメン屋からだろうか。

「あ、呼ばれた。じゃあ、気をつけて帰ってください」

「はい、ありがとうございます」

ぶたぶたの小さな後ろ姿に手を振る。すると、全然似ていないのにやっぱり孫娘の後ろ姿が浮かんだ。

「由香《ゆか》……」


由香は、次男の娘だ。

次男夫婦の問題から、由香と二人だけで二年ほど暮らした。信江の元に来るまでもいろいろあったようだが、彼女は驚くほど素直で明るく、しかも強靭だった。両親の不仲や自分への関心の低さに傷ついていないわけではなかったが、持ち前の愛らしさでたくさんの避難所を持っていた。近所の人や教師、友だちに恵まれ、大事にされてきたのだ。

息子である父親の不甲斐なさに当初は嘆いたが、彼も母親もひきとった時の約束どおり悔い改め、家族は再生した。そんなこと不可能だろう、と思っていたのに、彼らは三人でやり遂げた。いや、今もやり遂げようとしている最中だった。由香がこれから難しい年齢になっていくからだ。

三人の邪魔はできなかった。いくら会いたいと思っても、由香のために会ってはいけない、と信江は思っていた。

淋しくないわけではないが、二年間の思い出だけでも充分満足しているはずだった。だが、今こうして一人でいると、思い出すのは由香のことばかりで……。

ぶたぶたの部屋の台所は、最低限ながらも使い込まれた調理器具がそろっていた。フライパンは鉄だ。洗ったあとに油をきちんとひいているのがよくわかる。

夕飯の時、冷やご飯があるのに気づいて、信江は由香によく食べさせたチャーハンを久しぶりに作った。

何の工夫もない玉子チャーハンだ。具は玉子のみ。味つけもしょうゆのみ。肉もネギも入らない質素なチャーハンは、由香の大好物だった。

もちろん、それだけでは申し訳ないのでおかずも作ったが、メインはこのチャーハンのつもりだった。

仕事から帰ってきたぶたぶたは、テーブルの上のフライパンに目を見張る。

「どうしたんですか？　チャーハン？」

「そうです。でも、こうしないとおいしくないの」

皿に盛ったらダメなのだ。

チリチリと音を立てるチャーハンの一杯目を、ご飯茶碗によそって差し出す。黄色が鮮やかなそのチャーハンを、ぶたぶたがパクリと一口食べる。

「うん、おいしいですねー」

「そう？　玉子しか入ってないのよ」

「でも、なんか違う……どこが違うのかな……」

ぶたぶたは研究熱心で、おいしいものを食べるとどう作るのか、何が入っているのかと考え込むこともしばしばだった。将来は食べ物屋でも開くつもりなのかもしれない。

おかずを食べつつも一杯目をたいらげたぶたぶたに、残りのチャーハンをきれいによそって差し出す。

「一杯目よりも二杯目の方がおいしいのよ」

由香も大好きだった二杯目。しょうゆと玉子が焦げて、より香ばしくなる。おこげができるのだ。だから、一杯目は玉子が半熟なうちに食べた方がいい。

一杯目と同じ調子で口に入れた（どう入れたかはよくわからないが）ぶたぶただったが、二杯目は全然反応が違った。

「うーん、本当だ！　こっちの方がおいしいですねー」

ぶたぶたはびっくりしたような顔になる。心持ちビーズの点目が大きくなったように見えるから不思議だ。

「なんてシンプルな料理なんでしょう。中華のチャーハンとも違いますよね」

「じゃあ何？　焼き飯？」

「うーん……」

しばらく考えていたが、

「チャーハンとしか言いようがないですよね……。専門店のカレーと家のカレーが違うみたいな……」

ぶつぶつと食べながら考え、つぶやいていたが、そうしているうちにチャーハンがなくなってしまった。

「あっ、三角食べできなかった……」

おかずをすっかり忘れて、チャーハンばかりをぱくぱく食べてしまったのだ。

「でもこれは、そのまま食べちゃいますよ。もう一杯食べたいって思っても、もうないんですよね……」

　ぶたぶたはしゅんとしてしまった。

「これ、孫娘が大好きで」

　おいしそうに食べてくれたぶたぶたを見ていたら、由香のことを話していた。

「食が細い子だったんだけど、これはよく食べてくれたのよね。朝によく作ったの。最初は冷やご飯使って手抜きのはずだったのに、大好きになっちゃって」

　偏食気味だったのもできるだけ直したり、外で遊ぶようにし向けたり。一緒になっていろいろなことをした。自分もずいぶんはりきっていたように思う。

「若返ったって言われたわよ」

「お孫さんは特別にかわいいって言いますもんねー」

「そりゃあかわいいわよ。でも、甘やかしたりはしなかったけど、あの子は割と我慢強い子だったから、どっちかって言うとわがままを言えるようにする方が大変だったかな」

　どうしてそんなに我慢強くなったのか、想像すると不憫で泣きそうになったこともあったが、幸いにも悪い方向へ行くことはなかった。

「大変だったんですね」

「ううん。わたしはあの子が決して一人ではないと思えるようにしただけ。今は親子三人になったから、そっとしておいてるの」

邪魔をしてはいけないのだ。

「信江さんは今どこにいるんですか？」

「わたしは今、長男の家。由香と暮らしてた頃を除いたらずいぶん長く一人暮らしをしてたんだけど、息子たちが心配してね」

ぶたぶたは、何だかそわそわした顔になった。

「あのまさか……そこの居心地が悪いとか……」

「えっ、そんなのないですよ！」

思わず笑ってしまった。何だか深い事情でもあると思われていたんだろうか。

「長男もお嫁さんも優しいのよ。孫たちもかわいいし。でも……」

思わずため息が出た。この話は誰にもしたことがない。

「あの家では、何もすることがなくて」

それが「居心地が悪い」ことと言えるのかどうか、信江には判断がつかなかった。新しい家はきれいだし便利だし、とても住みやすい。しかし、それはまるでホテルのようで——。

「お客さんみたいって長男に言ったことがあるんだけど、わかってもらえなかったみたい。かえって気まずい雰囲気になっちゃったりしてね」

好きなことを何でもやるといい、家のことはやらなくていいから、と言われたが、本当にそのとおりだとは思わなかったのだ。何かしら手伝えることはあるだろうと。が、長男の嫁は家事が大好きで、完璧にこなす。子供たちも中学生と高校生で、面倒を見る必要はない。むしろ、こちらの面倒を見ようとするほど、優しい子たちだった。

自分ができることといえば、こづかいをあげるくらい。

「何もかもそろってるからって、それで人間満足するわけじゃないって……本当に贅沢よね」

「だから病み上がりなのに、こんなに動いてたんですね」

ぶたぶたは、かなりきれいになった部屋を見回してそう言った。いや、別に今までもきちんとしていたと思うのだが、忙しくて手が回っていないな、と思うところをちゃんと掃除しただけだ。

「無理しなくていいのにって思ったんですけど」

「動ける方がうれしいのよ。ずっと働いてきたから」

「また働いたらどうですか？」

「うーん……」

それはもう、叶《かな》わないかもしれない、と思ったが、言葉にはしなかった。

「もうこんなおばあちゃんだと、なかなか雇ってもらえないかもね」

「そうですかねえ……。まあ、若い人でも苦労はしているか」

ぶたぶたは、もっと苦労してそうだ。それとも、何か秘訣《ひけつ》があるのだろうか。

4

結局、ぶたぶたの家には一週間ほど世話になった。

アパートで彼と初めて対峙した時のようなことを考えなくなったのは、いつからだったろう。いつの間にかそう思っていた。わたしは死んでなどいない。ちゃんと生きてる。ぶたぶたも生きているし、ここは別の世界でもない。ちゃんと現実の世界なのだ、と。

一週間、何をしたというわけでもなく、ごはんの支度をしたり、掃除をしたり、洗濯をしたり、買い物に行ったり——普通に過ごしていただけだった。ぶたぶたは、どちらかといえば世話のし甲斐のない人だったし、アパートも狭くて用事はすぐに片づいてしまったが、楽しかった。働くことも、会話をすることも。

ああ、わたしはこういうことが根っから好きなんだなあ、と実感した。

ぶたぶたには、いくつか料理のレシピを教えてあげたが、彼がことのほか気に入ったのは、やっぱりあのチャーハンだった。

「同じ味にならない！」

と言ってくやしがっていたのだ。

「別にそんな秘訣なんてないんだけど」

「同じフライパン使ってるのにー」

ついでに、ごはんも玉子も同じだ。

「たくさん食べたいからって、欲張っちゃダメよ」

ご飯や玉子の量を増やすと、味が変わる。たとえきっちり二倍にしても同じだ。ご飯茶碗一杯分に対して玉子一個、それだけで作らないと、どうしてもあの味が出ない。

「愛情の差かしらね」

「由香ちゃんへの？」

「そうよ」

それだけは、いくらぶたぶたでも勝つことはできないのだ。ぬいぐるみのくせに、何でも上手な彼でも。


一週間たって、さすがに信江は思い出した。

「病院に行かなくちゃ」

検査結果が出ているはずだった。一週間前の検査の。

「お世話になりました」

出ていく前の晩、正座をしてぶたぶたにお辞儀をする。

「いいえ、こちらこそありがとうございました」

引き止められることもなかった。

「迷惑でした？」

「そんなことないです。ただ、連絡も全然してなかったし、ご家族が心配されてるかなあって気になってました」

「心配はしてたでしょうね」

ちょっとそれに対しては申し訳ないと同時に、言い訳を考えるのが面倒だった。ぶたぶたのことは秘密にしておきたい。一週間の謎の家出だ。

案の定、帰ったらかなり問いつめられたが、信江は頑として口を割らなかった。というより、

「温泉に行って、旅館でのんびり過ごしていた」

としか言わなかったのだ。

きっと何もなければずっと訊かれ続けたのだろうが、そのあとすぐに信江は入院をしてしまったので、そんな余裕はなくなった。

病室を訪れる息子たちは、それでも少しずつ聞きだそうとしていたが、信江はのらりくらりとはぐらかす。

そんな中、由香が見舞いに来たのは、入院して一週間ほどたってからだった。

「おばあちゃん！」

由香は少し肉がついて、背が伸びていた。病室に入ってきてすぐに抱きついてきたが、点滴の針に気がつき、

「ごめんなさい……」

と謝った。何だかとっても重大な犯罪でも犯したような深刻な顔をしたので、思わず笑ってしまう。するど、由香の顔に笑顔が戻った。

「おばあちゃん、大丈夫？」

「大丈夫よ」

「すぐ退院できるんだよね？」

「そうだね。お医者さんに訊かないとわからないけど」

実際にどれくらいの入院になるのか、見当もつかない。

次男の嫁は気を利かせたのか、買い物へ行ってしまった。由香と二人きりだ。

信江は東京から帰った日のことを思い出した。


ぶたぶたが駅まで送ってくれるというので、ついでに公園の中を通っていくことにする。

桜はすっかり散って、葉ばかりになっていた。八重桜のつぼみがふくらんでいる。

「ここは八重桜の木もたくさんあって、そっちも見事なんですけど、それを見に来る人はあんまりいないんです」

信江が眠ってしまっていたベンチに座ってひと休みをする。

「ここに座ってたら、あたしと同じくらいの女の人にビールもらっちゃって。それを飲んでたら眠くなっちゃったのよね」

「そんなことがあったんですか。お酒苦手なんですか？」

「ううん、そういうわけじゃないけど、疲れてたのかな。そういえば、二人で晩酌はしなかったね」

「あー、そうでしたね。飲まないのかな、と思ってたんですが」

「ぶたぶたさんは、お酒好きなの？」

「ええ、けっこう好きです」

そうだったのか。こっちこそ飲めないって思っていたのに。

「今度、一緒に飲みましょうね」

「そうですね。おいしいおつまみを作ってあげる」

昔は夫とそんなこともしていたっけ。

「あ、そうだ。待っててください！」

ぶたぶたはベンチから飛び降りると、どこかに走っていった。あ、売店があったんだ。

一週間前は人がいっぱいで、全然気がつかなかった。

しばらくして、ぶたぶたが戻ってきた。

「はい。どうぞ」

差し出されたのはソフトクリーム。今日は暖かい日だった。風は初夏の香りを含んでいる。

「これなら絶対に酔っぱらわないいね」

二人で笑いながら食べた。

「由香ちゃんとまた来てください」

「そうだね。早く由香に話したいな。きっと大喜びするよ」

ぶたぶたの話を由香に会ったらしよう、と思っていた信江だったが——いざ話そうとしたら、胸がいっぱいで何も言葉が出てこないことに気づいた。

ぶたぶたとのことを単なる思い出話で終わらせたくなかった。由香と二人でまたあの公園に行って、ぶたぶたに会って——新しい思い出を作りたい。

由香と二人きりで話す時間は、これからいくらでもあるだろう。退院して、少し落ち着いたら、ゆっくり話したい。

そうできるはず、と信江は思っていた。

だから、ぶたぶたには連絡していない。退院したら、電話をするつもりだった。

「由香、ソフトクリーム好きだよね」

「うん。大好き」

「おばあちゃん、すごくおいしいところ見つけたから、今度食べに行こう」

「ほんとー？　行きたい！」

「たこ焼きも好きでしょ？　ラーメンは？」

「みんな好きー！」

食が細かったはずなのに、今ではすっかり食いしんぼになっていた。

「でも、ラーメンよりもチャーハンが好きだよ。あ、おばあちゃんのチャーハン、食べたい！」

「いいよ。退院したら作ってあげる」

あのフライパンを久しぶりに引っぱり出さなくては。

病院の八重桜が満開な頃、信江は明け方に夢を見た。

自分と由香とぶたぶたの三人が、あの公園で桜を見ている。

来年の夢だ、と思う。いや、もしかして数年先？　由香は小さいままのようにも、大人のようにも見えた。

小さな由香とあそこへ行くのも楽しそうだが、大人になった由香と行くのは何と喜ばしいことだろう。今はまだ想像でしかないのに、何とも言えない幸福感に包まれる。由香に話すことが、また一つ増えた。

いつかきっと行こう。由香が大人になるまで、大人になっても何度でも——そう信江は思いながら、八重桜より薄い色をしたぶたのぬいぐるみに想いを馳せた。

あとがき

お読みいただき、ありがとうございます。

ぶたぶたも十一冊目となりました。

毎年本編を書く時、「どんなテーマにしようかな」ともちろん悩むのですが、今年は割と早く決まりました。でも、できあがったものを見るとそれは、「裏テーマ」みたいな感じになったなあ、と——。

今年のテーマは「スピンオフ」だったのです。今まで書いたぶたぶたの続編というか、派生作品を書こう、と思ったのですよ。

もちろん、そっちを読んでいないとわからないとか、そういうものではありません。単独でも大丈夫です。

しかし、純粋な意味でのスピンオフ作品は「再会の夏」「隣の女」「桜色七日」の三本。

あとの「小さなストーカー」と「次の日」は、シリーズものの新作、ということになるのかな？

「再会の夏」は『ぶたぶたの休日』のスケッチ風ショートショート「お父さんの休日／4」の中の一編が元になっています。遠藤くん、ちょっとしか出ていませんが。

「隣の女」は『ぶたぶたのいる場所』の「ありすの迷宮ホテル〜冬の物語」と「小さき者と大きな空〜再び、春の物語」に登場したホラー作家・鳥海《とりうみ》を主人公にしてみました。いや、主人公はぶたぶたになるのか……？

「次の日」は『刑事ぶたぶた』の新作になります。

「小さなストーカー」はシリーズものというか——隠れシリーズというか。私自身の中で、少しだけこだわっている登場人物が出てくるお話です。

そして、「桜色七日」。これが元々の発端《ほったん》になった作品です。『ぶたぶたの食卓』の「十三年目の再会」のスピンオフ。これが書きたくて、この本を出したようなものですね。

これからお読みになる方もいらっしゃるでしょうから、くわしいことは書けませんが、いつものとおり私のブログ（http://yazakiarimi.cocolog-nifty.com/）にネタバレあとがきを載せますので。裏話などを知りたい方は、いらしてください。

今回はネタバレじゃないと書けないことが多すぎる……。

ところで。

先日気がついたのですが、私は今年、デビュー二十周年でした。でももう十二月。残り一ヶ月もないという……。

まあ、私自身も忘れていたので、どうということはありません。忘れていなかったとしても、多分何もできなかったんじゃないかなー。

二十年――いろいろありましたけど、月並みな言い方をすればあっという間でした。できれば死ぬまで書いていたい（気が早いか）。

そんなこんなで細々《ほそぼそ》と小説を書き続けてきましたけど、最近わかってきたことがありますよ。

かつて、というか若い頃は、

「自分が読みたいと思う小説を書く！」

と思っていたのです。

「読みたい小説がないから、自分で書く！」

とまでの傲慢《ごうまん》さはなかったはずですけど、割とそれに近い感情も持っていたかもしれない。

でも、最近の私は、読みたいと思う小説を書いていません……。

いや、もちろん若い頃とは嗜好が変わっていますので、読みたい本も今と昔では全然違います。自分の読みたいものを自分の好みに合わせて、この上なく満足いくものに書き上げたい、という気持ちはあるのですが、大人になった私は残酷な事実を受け入れねばなりません。

「私にこういう小説は書けない……向いてない……」

という事実。挑戦する気はあるんですけど、仕事もあるのでね、お勉強はなかなかはかどりません（一応がんばってはいるのです）。

じゃあ、今何を書いてんですか？　ということになると思うのですが、それはまた簡単。

「書きたいものを書いている」

つまり、読みたいものと書きたいものが昔は一致していたのですが、最近は分離しているのです。読む快楽と書く快楽は、まったくの別物になってしまった。その証拠に、読んでいる本にそんなシーンが出てきたら耐えられない！　と思うようなものを、書くのは楽しい。読めないけど書ける。自分の小説でなら、もちろん読めますよ。じゃなきゃ直せないからね。

……書いてて何だか、変態くさい、と思ったのですが。でも、本当のことです。私だけかもしれないし、作家さんはみんなそうかもしれません。ていうか、よくわからない。若い頃ならこういう話を作家の友だちとしましたけど、最近はとんとしていないですね。他の人はしているのかしら。

たまにそういう小《こ》っ恥《ぱ》ずかしいことを語り合いたいっ、と考えることはありますが、書きたいものを書いている、と言い切れるだけで充分かも、とも思います。

いつもながら、お世話になった方々、ありがとうございました。

一昨年の悪夢をくり返すかと思ったけど、何とかなりました、ああ……。

それから！　吉田玲子《よしだれいこ》さん、すてきな解説をありがとうございました。ぶたぶたのラジオドラマを聞いた方必読ですよ！

ええと……何か言い残していることがやっぱりありそうですが、だったらごめんなさい……。けど、とりあえず今回はここまでです。

解説

吉田玲子《よしだれいこ》（脚本家）

「あー、泣かない泣かない」

これが、スタジオでのぶたぶたの第一声でした。ＮＨＫ大阪の収録スタジオでの事です。『ぶたぶた』のラジオドラマがＮＨＫ・ＦＭで制作されたのです（オンエアは２００９年６月６日、ＦＭシアターという枠でした）。

山崎《やまざき》ぶたぶたはドラマや舞台で活躍されている近藤芳正《こんどうよしまさ》さん、音楽を映画『Ｓｈａｌｌ ｗｅ ダンス？』などを担当された周防義和《すおうよしかず》さん、そして脚本をわたしが書かせていただきました。

企画したのは、ラジオドラマの演出もされたＮＨＫの吉國勲《よしくにいさお》さん。前に別の仕事でご一緒させていただいたことがあり、声をかけていただきました。

作業は「ぶたぶた」シリーズの中から、どの作品をやるか……という事から始まりました。映像がないので耳で聴いてわかりやすい話、会話劇として成り立つ話をピックアップして最終的に3本に絞りました。

本書にも登場する「信江さん」が出てくる「十三年目の再会」、「ふたりの夜」、「気まずい時間」をオムニバスでやることになり脚本をおこしたのですが、3本分だとかなりの時間オーバー。泣く泣く「気まずい時間」をボツにし、2本の話の間に、ちょっとしたインターバルをはさむことにしました。

ラジオドラマは、映像がなく、セリフと効果音と音楽だけで構成される世界です。小説ともアニメとも違い、音と言葉で、聴き手にイメージを伝えることになります。

「ふたりの夜」は羽島あゆという少女マンガ家がぶたぶたと出会う……というストーリーですが、ぶたぶたの容姿を見せることが出来ないので、説明するのに、あゆのモノローグを用いています。「ビーズの点目が二つ。突き出たぶたの鼻」というあゆから見たぶたぶたを現し、人間とは違うぺたぺた……という足音を効果音で入れ、聴いている人に、ぶたぶた特有の存在を示すようにしました。

原作のお話はどれも素敵で、脚色するのはとても楽しい作業でした。

ぶたぶたに出会う人たちと、ぶたぶたの会話は、内容もテンポも最初、食い違っているのですが、次第に同じ優しいゆったりとした時間の中で行なわれるようになるのが、ホンにしてみるとよくわかります。

ぶたぶたは、説教じみたことを言わず、熱く信念を語ることもありません。セリフにしても、凝ったりひねったりした言葉はまったく発していません。

「はい、お茶どうぞ」

「やる気出ましたか」

「がんばりましょう」

「大変なお仕事ですね」

「たったひとりで、がんばってきたんですよね……」

手元にある台本をペラペラめくってみても日常的な、誰もがごく普通に口にするセリフがほとんど。あまり長いセンテンスもありません。

でも、なぜか、彼の言葉は心に染み入ってくるのです。むしろ、シンプルな言葉だからこそ、余計な事は何も言わないからこそ、ぶたぶたの他者に対する素直な共感と理解や、ストレートな優しさが伝わってきます。

それは、ぶたぶたというキャラクターがうまく確立されているからなのかもしれません。同じ言葉でも、ぶたぶたが発するのでなければ、成立しない空気感があるのです。

脚本づくりに際しては、そのぶたぶたのキャラクターを守るよう留意しました。

また、演出の吉國さんが「ぶたぶたの中に出てくる食べ物はとてもおいしそうなので、聴いた人が食べたくなるようにしたい」とおっしゃったので、ぶたぶたの作る信江さんチャーハンや、おにぎり、豚汁などが印象的になるように……とも心がけました。

そして、臨んだ収録。

近藤芳正さんは、鷹揚《おうよう》として呑気なのだけれど、細やかな心配りもできる、ぶたぶた独特の飄々《ひょうひょう》とした感じをうまく出してくださっていました。ぶたぶたは声を荒らげたり、感情を高ぶらせたりすることがほとんどないので、相手の芝居がどうであっても、独自のペースを保つことになります。それでいて冷たくならず、あったかい感じを出すのは、かなり難しい演技だと思うのですが、さすがでした。決して押しつけがましくなく、いつまでも聞いていたいような声……。ずっと聞いていたら、もしかしたら眠っちゃうかもしれないような優しいおじさん声の近藤ぶたぶたは、とってもチャーミングでした。

一番、感動的だったのは、何度かリテイクを重ねても、近藤さんのお芝居が揺るがなかったことです。相手方の演技がリテイクごとにトーンを変えても、ぶたぶたはぶたぶたのままだったのです。しっかりとご自分の芝居を作ってきていらしたからなのですが、これがぶたぶただ……！　と感じました。

揺るがない。それが、ぶたぶたの本質なのかも……と思ったのは発見でした。おだやかで、相手の気持ちに寄り添い、その人が欲する言葉をさりげなく発するぶたぶた。その態度は誰に対しても変わらない。変わらずに包み込んでくれる。ちっちゃな体にも拘わらず。それが出来るのは、ぶたぶたの中に、揺るぎない何かがあるからなのかもしれません。

ぶたぶたはどれだけシリーズを重ねても変わらないのですが、ぶたぶたと出会った人たちの気持ちは変化します。

本作に登場する「再会の夏」の先生、「次の日」の直之《なおゆき》、「小さなストーカー」のあたし、「桜色七日」の信江《のぶえ》さん。ぶたぶたと出会い、ぶたぶたと会話したあと、彼や彼女たちの心持ちは、ぶたぶたの温もりがぽっと灯ったかのように、あたたかくなります。そのあたたかさで、硬くなった心が溶けて、やわらかな思いを取り戻した人々は、素直に自分と向き合うことができるようになります。

ぶたぶたシリーズが、長く愛されているのは、変わらないぶたぶたにまた会って、心をほかほかさせてもらいたいからなのかもしれません。


ラジオドラマを聴いてくださった方が、新たな「ぶたぶた」の読者になってくださっているとうかがい、とても嬉しく思っています。もっと多くの人がぶたぶたと出会ってくれれば、もっとあったかい世の中になるのでは……とちょっと期待しているのです。

なんだか疲れたなぁ……。やる気出ないなぁ……。毎日が面白くない……。そう思われている方がいたら、自己啓発の本を買う前に、「ぶたぶた」シリーズを読まれることをお勧めします。もう一度がんばる前に、ちょっと、ぶたぶたとゆったりした時間を過ごしてください。

誰も自分の事をわかってくれない……。こんなに努力しているのに報われない……。なぜか思い通りに事が運ばない……。そう思われている方も、心理テストの本を買う前に、「ぶたぶた」シリーズを読んでみてください。あなたをわかってくれるぶた（！）がそこにいます。

ぶたぶたは、大きな成功を成し遂げることもなく、悪を成敗してくれるわけではありませんが、世知辛《せちがら》い世を生きるわたしたちのヒーローなのだと思います。

光文社文庫

文庫書下ろし
再《ふたた》びのぶたぶた
著 者　矢《や》崎《ざき》存《あり》美《み》

2009年12月20日　初版1刷発行

発行者　駒　井　　稔
印　刷　慶　昌　堂　印　刷
製　本　ナ シ ョ ナ ル 製 本

発行所　株式会社 光　文　社
〒112-8011　東京都文京区音羽1-16-6
電話 (03)5395-8149　編 集 部
8113　書籍販売部
8125　業 務 部

落丁本·乱丁本は業務部にご連絡くだされば、お取替えいたします。
ISBN978-4-334-74696-4　Printed in Japan

組版　萩原印刷

お願い　光文社文庫をお読みになって、いかがでございましたか。「読後の感想」を編集部あてに、ぜひお送りください。

　このほか光文社文庫では、どんな本をお読みになりましたか。これから、どういう本をご希望ですか。

　どの本も、誤植がないようつとめていますが、もしお気づきの点がございましたら、お教えください。ご職業、ご年齢などもお書きそえいただければ幸いです。当社の規定により本来の目的以外に使用せず、大切に扱わせていただきます。

光文社文庫編集部

宮下奈都　スコーレNo.4
宮部みゆき　東京下町殺人暮色
宮部みゆき　スナーク狩り
宮部みゆき　長い長い殺人
宮部みゆき　鳩笛草《はとぶえそう》　燔祭《はんさい》／朽ちてゆくまで
宮部みゆき　クロスファイア（上・下）
宮部みゆき編　贈る物語　Terror
宮部みゆき選　日本ペンクラブ編　撫子《なでしこ》が斬る
矢崎存美　ぶたぶた日記《ダイアリー》
矢崎存美　ぶたぶたの食卓
矢崎存美　ぶたぶたのいる場所
矢崎存美　ぶたぶたと秘密のアップルパイ
矢崎存美　訪問者ぶたぶた
山田詠美編　せつない話
山田詠美編　せつない話　第2集
唯川　恵　別れの言葉を私から

唯川　恵　刹那《せつな》に似てせつなく
唯川　恵　永遠の途中
唯川　恵　幸せを見つけたくて
唯川　恵　きっとあなたにできること　新装版
唯川　恵選　日本ペンクラブ編　こんなにも恋はせつない
米原万里　他《た》諺《げん》の空《そら》似《に》
若竹七海　ヴィラ・マグノリアの殺人
若竹七海　名探偵は密航中
若竹七海　古書店アゼリアの死体
若竹七海　死んでも治らない
若竹七海　閉ざされた夏
若竹七海　火天風神
若竹七海　海神《ネプチューン》の晩餐
若竹七海　船上にて
若竹七海　バベル島
若竹七海　猫島ハウスの騒動

光文社文庫

明野照葉　赤道
明野照葉　女神
明野照葉　降臨《こうりん》
明野照葉　さえずる舌
あさのあつこ　弥勒《みろく》の月
あさのあつこ　夜叉桜
有吉玉青　ねむい幸福
有吉玉青　月とシャンパン
井上荒野　グラジオラスの耳
井上荒野　もう切るわ
井上荒野　ヌルイコイ
上田早夕里　美月の残香
上田早夕里　魚舟《うおぶね》・獣舟《けものぶね》
江國香織　思いわずらうことなく愉しく生きよ
江國香織選・日本ペンクラブ編　ただならぬ午睡

大崎梢　片耳うさぎ
小川内初枝　恋愛迷子
恩田陸　劫尽童女《こうじんどうじょ》
角田光代　トリップ
桐生典子　抱擁
小池昌代　屋上への誘惑
小池真理子　殺意の爪
小池真理子　プワゾンの匂う女
小池真理子　うわさ
小池真理子　レモン・インセスト
小池真理子・藤田宜永選 日本ペンクラブ編　甘やかな祝祭
近藤史恵　青葉の頃は終わった
酒井順子　女子と鉄道
佐野洋子　アカシア・からたち・麦畑
篠田真由美　すべてのものをひとつの夜が待つ

光文社文庫

永井するみ　天使などいない
永井するみ　ボランティア・スピリット
永井するみ　唇のあとに続くすべてのこと
永井するみ　俯《うつむ》いていたつもりはない
長野まゆみ　耳《みみ》猫《ねこ》風信社
長野まゆみ　月の船でゆく
長野まゆみ　海猫宿舎
長野まゆみ　東京少年
新津きよみ　彼女たちの事情
新津きよみ　ただ雪のように
新津きよみ　氷の靴を履く女
新津きよみ　彼女の深い眠り
新津きよみ　彼女が恐怖をつれてくる
新津きよみ　信じていたのに
新津きよみ　悪女の秘密
新津きよみ　星の見える家

仁木悦子　聖い夜の中で　新装版
乃南アサ　紫蘭の花嫁
林真理子　天鵞絨《びろうど》物語
藤野千夜　ベジタブルハイツ物語
前川麻子　鞄屋の娘
前川麻子　晩夏の蟬《せみ》
前川麻子　パレット
前川麻子　これを読んだら連絡をください
松尾由美　銀杏《いちょう》坂
松尾由美　スパイク
松尾由美　いつもの道、ちがう角
松尾由美　ハートブレイク・レストラン
三浦綾子　新約聖書入門
三浦綾子　旧約聖書入門
三浦しをん　極め道
光原百合　最後の願い